BIG LIFE

빅라이프

비라이프 1

우지호 장편소설

초판 1쇄 찍은 날 | 2016년 7월 22일
초판 1쇄 펴낸 날 | 2016년 7월 29일

지은이 | 우지호
펴낸이 | 예경원

기획 | 위시북스
편집책임 | 박우진
편집 | 이즈플러스

펴낸곳 | 예원북스
등록번호 | 제396-2012-000132호
등록일자 | 2012. 7. 25
KFN | 제1-015호

주소 | 경기도 고양시 일산동구 호수로 646-24 위너스21 II 빌딩 206A호 (우)10401
전화 | 031-819-9431 팩스 | 031-817-9432
E-mail | yewonbooks@naver.com

ISBN 979-11-5845-516-3 04810
979-11-5845-517-0 (set)

※ 이 도서의 국립중앙도서관 출판시도서목록(CIP)은 서지정보유통지원시스템 홈페이지(http://seoji.nl.go.kr)와 국가자료공동목록시스템(http://www.nl.go.kr/kolisnet)에서 이용하실 수 있습니다.

BIG LIFE
우지호 장편소설
1
WISHBOOKS MODERN FANTASY STORY
빅 라이프
Wish Books

빅라이프
BIG LIFE

CONTENTS

프롤로그

타닥! 탁! 타다닥! 탁탁!

키보드를 두들기는 소리가 연신 좁은 방 안을 울렸다.

벽시계의 시침이 어느새 12시를 가리키고 있었다.

책상 옆으로 보이는 창밖은 온통 새까만 어둠. 자정이었다.

하재건은 잠시 손을 거두고 팔딱팔딱 뛰는 양 관자놀이를 꾹 눌렀다.

아침에 일어나서 정오부터 자정이 되도록 쉬지 않고 글만 썼다. 하루도 아니고 이틀 연속으로.

목덜미와 허리, 양 손목이 심하게 저렸다.

재건은 화장실로 가서 벌써 열 번도 넘게 한 찬물 세수를 또 했다. 그러나 달아오른 얼굴의 열기는 지워지지 않았다.

'거의 다 끝났어……. 조금만 더 힘내자.'

컴퓨터로 돌아온 재건은 쓰고 있는 소설의 문서정보를 모니터 화면에 띄웠다.

총 12만 4,331자. 이제 1만 5,000자 정도만 더 쓰면 한 권 분량이 되고 2권의 완성이다.

출판사와 계약이 되어 있는 소설이다.

늦어도 내일 오전에는 편집자에게 보내줘야 한다. 넉넉잡고 6시간만 더 쓰면 될 터였다.

'예전에는 시간당 3,000자 이상은 쉽게 썼던 것 같은데.'

체력 문제는 아니라는 생각이 들었다.

재건의 나이 아직 27살. 체력이 부족해서 글을 쓰는 속도가 느려졌다고 말할 수준은 아니었다. 본질적인 문제는 다른 곳. 마음에 있었다.

쓰고 싶은 글을 쓰면서 살고 싶다.

이것이 끊임없이 재건을 괴롭히는 문제였다.

현실을 생각하면 쓰고 싶은 글을 쓸 수가 없었다. 일단 팔리는 글을 써야 한다. 당장 팔아먹어야 밥도 먹고 월세도 낼 수가 있는 것 아닌가.

게다가 팔리는 글이란 무엇일까.

재건은 이것도 전혀 파악을 못하고 있었다. 유행에 맞추고 편집자의 조언을 귀에 못이 박히도록 듣고 참고해도 어려웠다. 아무리 노력해도 팔리는 글을 쓰는 일은 쉽지 않았다.

재건은 커피를 마시며 초라한 원룸 내부를 돌아보았다.

들여놓은 가구가 거의 없어서 마치 이사 도중인 것처럼 휑했다.

꼭 필요한 가전들은 알뜰매장에서 깎고 또 깎아서 들여놨다. 정수기도 없어서 물은 끓여 마시거나 급할 땐 생수를 몇 병씩 사다 둔다. 중고 냉장고는 지금도 재건을 놀리듯 귀에 거슬리는 소음을 뿜어내고 있었다.

'힘내자, 힘. 이번 건 잘될 거야. 정말 열심히 썼잖아.'

재건은 뺨을 찰싹 때리며 스스로를 독려했다.

꿈속에서도 자신을 응원하고 있을 어머니와 누나를 생각하면 낭비할 시간이 없었다.

타닥! 타다닥……!

재건은 남은 커피를 단숨에 들이마시고 다시 키보드를 두드리기 시작했다. 새하얀 모니터 화면 위로 피골이 상접한 얼굴이 비치고 있었다.

1장
돈도 없고 인기도 없다

드르륵! 드르륵!

베개 밑에 묻어둔 핸드폰이 몸을 세차게 떨었다.

선잠을 자고 있던 재건이 두 눈을 퍼뜩 떴다. 편집자의 전화일지도 모른다는 생각에 신경이 곤두서 있던 덕이었다.

그러나 편집자의 전화는 아니었다.

대학 동기이자 가장 친한 친구인 박정진의 전화였다.

재건은 하품을 터뜨리는 동시에 전화를 받았다.

"어보세어……."

–사랑니라도 뽑았냐? 발음이 왜 그래.

"이제 일어났다. 마감 쳤어."

–아, 이번에 새로 계약했다던 무협지?

"어, 아침에 2권까지 넘겼다. 한시름 놨지."

–잘됐네. 알았다. 이따 7시 반까지 와라. 신촌에 '하마' 기억하지?

정진의 말에 재건이 두 눈을 치켜떴다.

"무슨 소리야? 7시 반에 하마라니?"

–이 자식, 또 까먹었네. 오늘 동창회잖아.

"아아……."

재건의 입에서 침음이 흘러나왔다. 새까맣게 잊고 있었다. 오늘은 그가 졸업한 대학교 문예창작과의 동창회가 있는 날이었다.

"지금 몇 시지?"

–방에 시계도 없냐? 5시니까 서둘러라. 이크. 야, 나 회의 들어가야 된다. 이따 보자.

뚝!

전화가 끊겼다. 재건은 몸을 추스르고 일어나 욕실로 갔다. 정진의 말대로 서두르지 않으면 늦을 것 같았다.

쏴아아.

'으악, 추워!'

샤워기에서 쏟아지는 찬물이 재건의 온몸을 강타했다.

아직은 6월이라 찬물로 씻는 게 고역이다. 하지만 가스비를 아끼기 위한 어쩔 수 없는 선택. 재건은 붕어처럼 팔딱팔딱 뒤면서 머리를 감고 샤워까지 끝냈다.

재건은 가진 옷들 중 가장 깔끔한 것으로 골라 입고 집을 나섰다.

정류장으로 향하면서 핸드폰으로 시간을 확인했다. 마을버스를 타고 역까지 15분. 거기서 다시 지하철을 타고 40분. 여유는 있었다.

'여긴 그대로네.'

약속 장소인 주점 하마 앞에 도착한 재건은 감회에 젖은 눈빛으로 간판을 올려다보았다.

대학생 시절부터 마음 맞는 동기들끼리 애용했던 주점이었다. 가격이 저렴하고 안주도 맛있는 데다 무엇보다 사장님의 인심이 좋았다.

툭!

갑자기 등 뒤에서 누군가 어깨를 쳤다.

깜짝 놀란 재건이 돌아보니 정진이 씩 웃는 얼굴로 서 있었다.

"깜짝이야. 야, 나 요즘 심장 약해."

"안 들어가고 왜 여기서 멍 때리냐?"

"그냥. 옛날 생각 좀 나서. 여기 몇 년 만에 오는 건지 모르겠다."

"나도 그래. 너 입대하기 직전에 같이 온 게 마지막인 거 같은데. 들어가자."

재건은 정진과 함께 주점 하마의 안으로 들어갔다.

주점의 가장 내측에는 20명 이상을 수용할 수 있는 큰 자리가 있었다.

오늘 참가의사를 밝힌 동기는 재건과 정진을 포함해 18명이었다. 그중 대부분이 벌써 도착해 서로 대화를 나누고 있었다.

"여, 오랜만!"

"박정진, 하재건. 니들은 대학 때도 그러더니 오늘도 붙어서 오네. 둘이 사귀냐?"

동기들이 웃으며 저마다 인사를 건네왔다.

재건과 정진도 각자 자리를 잡으며 화답했다.

"잘들 지냈어? 야, 효진이 넌 얼굴 그대로네."

"뭐야, 놀리지 마. 나 요즘 주름 너무 많이 생겨서 확 땡겨볼까 고민하는 중이란 말야."

"장난한다. 서른도 안 된 게 땡기긴 뭘 땡겨. 괜히 예쁜 얼굴에 칼 대지 마."

"하여간 재건이, 여전히 말은 이쁘게 해. 누나 옆으로 와. 누나가 오늘 잘 챙겨줄게."

효진이 자기 옆자리의 소파를 통통 치며 오라고 손짓했다.

정진이 어이없다는 얼굴로 재건을 옆으로 밀어내고 끼어들었다.

"야야야, 하재건한테만 관심두지 말고 이 불쌍한 기획자 영혼이나 좀 보듬어줘라. 나 일주일 동안 코피 쏟으면서 짠 던전 기획 오늘 대차게 까였다."

"어이구, 그러셨어요? 우리 정진이 이리 와. 누나랑 한잔해."

"헤헤헤, 감사합니다. 누님, 제가 오늘 끝까지 모시겠습니다."

정진이 실실거리며 효진의 옆으로 잔을 들고 옮겨갔다.

맞은편에 앉아 있던 여자 동기 민아가 두 눈을 동그랗게 뜨며 놀리듯이 말했다.

"야, 니들 시작부터 멘트가 좀 세다? 그러다가 진짜로 눈 맞는 거 아냐? 재건아, 니가 보기에도 좀 야릇하지?"

"어, 듣고 보니 정말 그런 거 같은데."

재건이 심각한 척 민아의 말을 받았다.

나란히 앉은 정진과 효진은 그 즉시 얼굴을 구기며 서로를 노려보았다. 재건의 입에서 웃음이 터졌다.

뚜벅뚜벅.

구두가 바닥을 찧는 소리가 울렸다.

모두가 고개를 들고 소리가 난 입구 쪽을 바라보았다.

회색 정장을 깔끔하게 차려 입은 남자가 자신만만하게 웃으며 손을 흔들고 있었다. 동기 중 한 명인 오명훈이었다.

“야, 오명훈! 어서 와! 오랜만이다!”

동기들이 앞다투어 손을 흔들며 명훈을 맞았다.

재건과 정진이 왔을 때보다도 훨씬 격한 반응이었다. 특히 여자들의 환호가 컸다.

“너 성공했단 소린 들었는데 진짜가 보다. 옷 입은 게 완전 청담동 귀공자셔.”

“하하하, 띄우지 마. 성공은 무슨. 이제 시작이지.”

명훈이 덤덤하게 말을 받으며 자리에 앉았다. 재건의 바로 맞은편 자리였다. 명훈이 재건을 향해 손을 내밀며 악수를 청했다.

“오랜만이다, 재건아.”

“어, 어. 그래.”

재건이 어색한 웃음을 빼물고 손을 내밀어 악수를 했다. 자연스럽게 행동하고 싶은데 마음처럼 잘되지 않았다.

문예창작과를 졸업한다고 해서 모두가 작가로 살아가는 것은 아니다. 오히려 그 반대다.

작가라는 직업을 가진 사람들 중 절대다수는 생계를 유지하기가 어렵다. 따라서 전공과는 전혀 관련이 없는 직종을 택하는 경우도 부지기수다.

정진처럼 게임 회사 기획 팀에 들어가 시나리오와 퀘스트 작업을 하는 경우는 그나마 관련이 있으니 낫다고 볼 수도 있었다.

재건이 졸업한 문예창작과에서도 작가로 살아가는 사람은 손가락에 꼽을 정도였다. 특히 오늘 모인 같은 학번에서는 딱 둘이었다. 한 명은 재건, 그리고 또 한 명은 지금 재건과 악수를 하고 있는 명훈.

그것이 오늘 재건을 불편하게 만들고 있었다.

명훈은 최근 로맨스 세 작품을 연달아 대박을 터뜨렸다.

그중 하나는 콘텐츠 진흥원에서 주최하는 공모전에서 우수상까지 수상했다. 드라마 제작도 논의되고 있을 만큼 꽤나 큰 흥행이었다.

덕분에 명훈은 작가들 사이에서 특히 유명세를 타고 있었다. 실질적인 수익도 억 단위를 넘어선 지 오래라고 했다.

"하는 일은 잘돼? 뭐 하고 지내?"

명훈이 악수한 손을 거둬들이며 물었다.

재건은 울컥했다. 뻔히 글을 쓰고 산다는 걸 알면서 묻는 것 같아서였다. 가장 친한 친구인 정진이 재건의 마음을 읽고 대신 말했다.

"뭐 하고 지내긴, 인마. 작가가 글 쓰지."

"아아, 그래? 아직도 쓰고 있었어?"

명훈이 '아직도'에 묘한 악센트를 주면서 그랬냐는 듯이 되물었다. 재건은 의미없는 미소로 대응하며 술병을 들었다.

"그래, 아직도 쓰고 있다. 한 잔 받아. 소주 마실 거지?"

"아, 땡큐."

"소식 들었다. 요즘 엄청 잘나간다면서? 축하해."

"축하할 거리도 아냐. 고작 드라마 만들어지는 정도로 뭘."

술병을 잡은 재건의 손이 조금 떨렸다. 재건은 떨림을 들키지 않도록 재빨리 술을 따른 다음 술병을 거둬들였다.

"재건이 넌 무슨 글 써?"

"나? 나야 뭐, 지금은 무협 소설 쓰고 있지."

이번엔 재건이 명훈으로부터 술을 받았다. 둘은 건배를 하고 각자 입으로 잔을 가져갔다.

"아아, 무협 소설. 근데 그거 돈은 되나? 한 권에 100만 원은 나와?"

"장르판 죽었다고 해도 파는 작가는 다 팔더라."

재건이 에둘러 말을 받았다.

자신에 대한 이야기를 동기들 앞에서 자세히 풀고 싶지 않았다. 그런데 명훈은 화제를 바꾸지 않고 이야기를 그대로 끌어갔다.

"아니, 다른 작가들 얘기가 아니야. 재건이 너 말야. 네가 쓰고 있는 무협지는 좀 팔릴 거 같냐고."

"글쎄다. 이제 원고 넘겼고 책으로 나가봐야 알지."

"전작들 나간 거 참고하면 대충 예상 수익 나오지 않아? 유료 연재 아니지? 종이책 나가고 나서 이북으로 나가는 거야?"

"으음, 뭐. 난 그게 편해서."

"매달 한 권씩은 꼬박꼬박 써야겠네. 아니, 그렇게 써도 생활은 어려울 거 같은데."

"……."

"작가가 글을 써서 돈을 벌어야 작가지. 돈을 못 버니까 글쟁이라고 하면서 사람들이 비웃는 거잖냐."

탁!

정진이 소주를 들이마시고는 세차게 잔을 내려놓았다.

"야, 오명훈. 가만 듣고 있자니 너 말에 사심이 있다?"

"사심? 무슨 사심?"

명훈이 어이없다는 듯이 고개를 갸웃해 보였다. 정진의 두 눈에서 살기가 새어 나왔다.

"모르는 척 주댕이질하지 마라. 술 들어가기 전에 미리 경고하는데 오지랖 떨지 말고 좋은 분위기 유지하자, 어?"

정진이 명훈을 노려보며 으르렁거리듯 말했다.

명훈의 과시욕과 기회주의적인 성격은 대학 시절부터 변하지 않았다. 여자들은 좀처럼 읽어내지 못하는 뒤틀린 성격이 그대로 남아 있었다.

심지어 오늘 만나자마자 명훈이 재건을 물고 늘어지는 이유 또한 정진은 알고 있었다. 십중팔구 아직 오지 않은 동기 이수희 때문이었다. 정진은 단언할 수 있었다.

"알았어, 알았어. 친구 안부 좀 묻는 걸로 그렇게 날 선 반응을 보이니 뭐. 당황스럽긴 해도 내가 그만둬야지."

명훈은 끝까지 빈정거리며 자신의 말을 마쳤다.

약간 싸늘해진 분위기를 의식한 효진이 주위를 두리번거리며 화제를 돌렸다.

"그건 그렇고 올 사람 다 왔나?"

"수희 아직 안 온 것 같아."

수희라는 이름에 재건의 두 귀가 번쩍 뜨였다. 싱그러운 그녀의 미소가 눈앞에 생생하게 되살아나는 듯했다.

"아. 그래, 수희. 전화해 봐야겠다."

민아가 핸드폰을 꺼내 들었다.

그런데 명훈이 손사래를 치며 민아를 제지시켰다.

"전화해 봤자 지금 못 받을 거야."

"그게 무슨 소리야?"

"오늘 갑자기 회의 생겨서 야근하게 됐다더라."

"그래? 그걸 명훈이 니가 어떻게 알아? 둘이 사귀어?"

민아가 두 눈을 가늘게 뜨고 물었다.

명훈이 소리 내어 웃으며 고개를 가로젓고는 대답했다.

“사귀기는. 수희 게임 회사 다니는 건 알지? 넥션 모바일 팀 기획 팀장이잖아.”

“그래서?”

“요즘 기획 중인 게 레이싱 게임인데 연애 요소가 큰가 봐. 시나리오 하나 써달라고 아주 애걸을 하더라고. 뭐 동기로서 의리가 있지 어떡하겠어. 그러겠다고 했지.”

여자 동기들의 눈빛이 반짝였다. 하나같이 눈부신 보석이라도 대하는 듯한 눈빛으로 명훈을 쳐다보고 있었다.

“진짜 대박이다. 그럼 이제 게임 시나리오 작가 커리어 추가야?”

“돈은 얼마나 준대니? 넥션이면 국내 최고잖아. 수희처럼 자존심 센 애가 부탁까지 할 정도면 정말 네 위상이 엄청 오르긴 올랐나 봐.”

명훈은 소파 등받이에 몸을 편안히 기댄 채 자신에게 쏟아지는 시선과 관심을 즐기고 있었다. 여유롭게 웃으며 그는 말을 이었다.

“하하하, 근데 이거 말하고 나니까 괜히 미안해지네. 수희가 동창회에 못 오고 회의하는 게 나 때문이잖아. 안 되겠다. 오늘 1차는 내가 쏠게. 먹고 싶은 거 시켜.”

“와, 진짜? 오명훈 완전 멋있어!”

“야야야, 대박 작가님께서 쏘신대! 다들 장전해! 잔 빈 사람 빨리 채워, 건배하게!"

한껏 소란스러워진 분위기 속에서 재건은 홀로 술병을 들었다. 잔에 술을 따르기 직전 갑자기 날아든 손이 재건의 손목을 잡았다. 어느새 정진이 옆에 와 있었다.

"자작하지 마, 새끼야."

"자작이 뭐 어때서."

재건과 정진이 서로 잔을 맞부딪쳤다. 차가운 소주를 목젖으로 넘기며 재건은 정진에게 속으로 감사했다. 정진이 없었다면 이 시간을 견디지 못했을 것이다.

1차가 끝나고 재건과 정진은 무리에서 이탈했다.

재건이 아니라 정진의 의견이었다. 두 사람은 조용한 실내 포차에서 어묵탕에 소주를 기울이고 있었다.

"조용한 데서 마시니까 기분 좋네."

"미안하다."

"뭐가."

"나 신경 써서 이런 거 안다."

"지랄하지 마. 너 때문이 아니라 명훈이 그 새끼 때문이야."

"틀린 말은 아니었어. 작가가 돈을 벌어야 작가지."

"아, 닥쳐! 씨발, 그 새끼 좆나 주댕이질하는 거 보면 역겨워서. 그 새끼, 수희 때문에 너한테 특히 더 심해."

재건은 대답 대신 씁쓸하게 웃었다.

이수희.

남다른 미모로 남자들의 관심을 독차지했던 동기 중 한 사람이었다. 성격 또한 좋아서 여자들과도 원만하게 지냈었다. 재건 역시 그녀에게 호감을 품은 남자들 중 하나였다.

대학 시절, 명훈은 수희에게 고백했다가 거절당한 적이 있었다. 당시 명훈은 큰 충격을 받아 일주일간 수업에도 나오지 않았다.

그로부터 몇 달 뒤.

졸업을 앞둔 시점에 수희는 한 동기에게 좋아한다고 고백했다. 그 동기는 바로 재건이었다. 언제나 열심히 글을 쓰는 모습이 멋있다는 것이 이유였다.

당시 재건은 그녀의 고백을 받아들이지 못했다.

이유는 명확했다. 집은 가난했고 대학도 아르바이트를 병행하면서 빠듯하게 다녔다. 연애를 할 돈도 마음의 여유도 없었다. 비루한 상황에서 야기되는 열등감이 사랑을 방해했다.

기억을 떠올리며 재건은 또 한 잔의 술을 들이마셨다.

안타깝기는 해도 후회는 없었다.

아마 그때 수희를 받아들였어도 지금까지 사귀고 있지는 못했을 것이란 생각이 들었다. 여전히 월세를 걱정하고 가스비를 아끼느라 찬물로 샤워하는 가난한 글쟁이에 불과하니까.

드르륵!

정진의 핸드폰이 몸을 떨었다.

핸드폰을 들고 화면을 확인한 정진의 얼굴이 즉석에서 구겨지고 있었다.

"와, 대박. 개쩐다."

조금 전까지 함께 있었던 여자 동기 효진의 메시지였다.

사진 속에는 명훈과 민아도 함께였다. 모두 환히 웃으며 와인 잔을 들고 있었다.

"씨발, 와인은 니기미."

"와인?"

"명훈이가 이태원에 단골 와인 바 있다고 거기 가자고 했다더라. 자기가 쏜다고. 망할 기집애들 그저 공짜면 좋다고 따라가서 시시덕거리는 거 봐라."

정진이 붉으락푸르락한 얼굴이 되어 핸드폰을 재건에게 들이밀어 보였다. 재건은 그의 빈 잔에 소주를 따르며 물었다.

"너 효진이한테 마음 있지?"

"들켰냐?"

정진은 숨기지 않고 곧바로 인정했다. 아무래도 가장 친한 사이다 보니 그랬다.

재건이 피식 웃으며 질문을 이었다.

"언제부터야?"

"흠, 작년 동창회 때 만나고 나서부터인가. 대학 땐 그냥 풋풋한 앤 줄 알았는데. 보면 볼수록 매력적이더라고. 생활력도 강하고 씩씩하고. 난 좀 그런 데에 끌리는 경향이 있잖냐."

"그래, 효진이가 좀 강인한 면이 있지. 얼굴도 귀엽고."

"야, 다 집어쳐. 씨발, 명훈이랑 와인이나 존나 퍼마시라고 해. 정 다 떨어졌어. 마셔, 마셔."

드르륵!

이번엔 재건의 핸드폰이 진동했다.

화면을 보니 편집장의 전화였다. 재건은 심각한 얼굴이 되어 정진에게 말했다.

"나 잠깐만 전화 좀 받고 올게."

"빨리 와."

재건은 술집 밖으로 나가서 전화를 받았다.

"여보세요?"

–안녕하세요, 하 작가님. 초고 잘 읽어봤어요. 지금 통화 가능하세요?

"네네, 별일 없습니다. 말씀하세요."

편집장이 희미한 침음과 함께 말을 이었다.

–사실 이번 작품은 좀 많이 걱정돼요.

"그런가요……."

―무림의 고수가 판타지 세계로 가는 건 좋아요. 근데 계속 판타지 쪽에만 머물러 있는 건 좀. 게다가 처음부터 주인공이 완전 센 먼치킨도 아니고 점점 더 강한 적을 만나면서 성장하는 전개인데, 직업도 그냥 대장간 장인이라 너무 밋밋해요.

재건은 한숨이 나오려는 자신의 입을 틀어막았다.

눈앞의 유흥가를 바라보니 수많은 사람이 행복한 미소를 지으며 오가고 있었다. 자신을 제외한 모두가 기쁜 일로만 가득한 일상을 보내고 있는 것 같았다.

편집장의 말이 이어졌다.

―하 작가님 언제나 열심히 쓰시는 거 알아요. 아는데, 개연성 같은 부분 과하게 신경을 쓰시다 보니 본질적인 재미를 자주 놓치세요.

"네……."

―굳이 이대로 내려고 하면 낼 수는 있어요. 다만, 보장 부수는 좀 줄어들 거예요. 판매량도 제가 보기엔 많이 기대하시면 안 될 것 같고요. 그리고 조기 종결될 수도 있는데, 아예 종이책 말고 이북으로 시작하시는 방법도 고려해 보시는 게 좋겠어요.

재건은 눈앞이 캄캄해져 그 자리에 쪼그려 앉았다.

편집장이 확실한 어조로 덧붙이고 있었다.

–아마 전작 성적을 넘기진 못할 거예요. 어쩌면 더 안 좋을지도 몰라요.

전작의 성적을 넘기지 못할 거라니.

편집장이 자신의 일에 충실한 객관적인 사람이라고 생각하면서도 재건은 가슴이 찢어지는 것만 같았다.

–생각해 보시고 연락주세요. 아직 출간 전이고 여유는 있으니까요.

"네네, 편집장님. 고맙습니다. 연락드릴게요."

재건은 아픈 마음을 숨기고 일부러 활기찬 목소리로 대답한 다음 전화를 끊었다. 그리고 한숨과 함께 담배를 꺼내 물었다.

'지랄 같다, 진짜……!'

편집장이 말하는 전작은 작년에 출간한 재건의 판타지 소설을 가리키고 있었다.

작품의 성적은 결코 좋지 않았다. 5권으로 완결되었고 벌어들인 인세 총액은 180만 원이 채 되지 않았다. 한 권당 인세가 고작 36만 원에 지나지 않는다고 볼 수 있었다. 한 달 내내 쉬지 않고 써야 한 권이 완성되는데 터무니없이 낮은 수익이었다.

이북 시장이 활성화되면서 사정이 나아졌다고는 하지만, 그것도 재건에겐 먼 나라의 얘기였다. 재건에게 매달 들어오는 이북 인세는 말하기조차 민망한 수준이었다. 1만 원을 채 넘기지 못하는 때도 허다했다.

"근데 그거 돈은 되나? 한 권에 100만 원은 나와?"

놀리듯이 말하던 명훈의 얼굴이 눈앞에 아른거렸다. 재건은 입에 담배를 문 채 두 손으로 머리를 싸맸다. 이번엔 권당 100만 원은커녕 30만 원도 안 나오게 생겼다. 편집장의 예측은 지금껏 대부분 맞아떨어졌다.

'그만둘까, 이제…….'

한 달 30만 원의 수익으로 버텨낼 수는 없다.

살고 있는 원룸 월세에 잡다한 공과금까지 합산하면 답이 나오지 않는다.

선택할 수 있는 길은 두 가지였다. 작년까지 했던 편의점 아르바이트를 재개하면서 계속 쓰거나, 아니면 아예 그만두거나.

어느덧 나이는 27살.

모아둔 돈이라곤 하나도 없는 비루한 인생.

스스로도 모르는 사이에 두 눈에서 눈물이 흘러내렸다. 도대체가 웃을 날이 오지 않을 것 같았다. 재건은 흐르는 눈물을 닦지도 못하고 멍청히 서 있었다.

"조심해서 들어가라."

택시에서 먼저 내린 재건이 말했다. 뒷좌석의 정진은 만취한 상태였다.

"그래, 끅. 내일 전화하자. 기사님, 출발요. 끅."

혀 꼬부라진 정진의 말과 함께 택시가 출발했다.

재건은 주머니에 양손을 찔러 넣고 터덜터덜 집으로 향했다. 일부러 조금 먼 곳에서 내렸다. 살고 있는 원룸 위치가 외져 있어서 차가 들어가기가 나쁘기 때문이었다.

외길의 왼편은 개천, 그리고 오른편은 야트막한 산이었다.

언제나 인적이 드문 이 길을 오늘도 재건은 심란한 마음으로 혼자 걷고 있었다.

'으음?'

어느 순간 재건이 발길을 멈추고 섰다.

무엇인가 부자연스러운 풍경이 시야에 들어왔었다.

술기운으로 인한 착각이 아닐까 하면서도 재건은 지나온 길을 돌아보았다.

'아, 저거……?'

길 너머 야산의 중턱 즈음에 재건의 시선이 꽂혔다.

누군가의 무덤이 있는 곳이었다.

유족들이 오래도록 돌보지 않았는지 잡초가 무성해서 을씨년스러운 느낌을 주는 그런 무덤이었다.

그러나 지금 재건의 시선을 끈 건 다른 이유였다. 똑바로 서 있었던 비석이 옆으로 쓰러져 있었던 것이다.

'누가 일부러 넘어뜨렸나.'

술기운으로 인한 동정심이었을까.

황폐한 무덤의 주인이 가엽게 느껴졌다.

한편으로는 궁금해졌다. 어떤 삶을 살았기에 가족들의 손길조차 받지 못하고 저렇게 버려진 걸까. 매일같이 봐온 무덤이지만 이런 느낌을 받은 건 지금이 처음이었다.

어쨌든 그런 건 지금 재건에게 중요하지 않았다. 그는 이끌리듯 길도 없는 야산의 비탈을 타고 올라 무덤으로 가까이 다가갔다.

'와, 이거…… 보기보다 큰데?'

멀리서 볼 땐 작았던 비석이 상당히 거대했다.

재건은 양팔을 걷어 올리고 비석을 부여잡았다.

끄응.

소리를 내며 힘을 주자 쓰러진 비석이 천천히 위로 올라왔다. 벌겋게 오른 재건의 얼굴에 핏발이 섰다.

"끄으으으……!"

쿠웅!

육중한 비석이 본래의 모습으로 섰다.

재건은 양 무릎을 손으로 짚고 구부정하게 서서 거친 숨을 몰아쉬었다.

"허억! 헉! 헉! 우, 우웨엑……!"

술을 마시고 힘을 썼더니 구역질까지 나왔다.

재건은 신물을 한 움큼 토해내고 자기 목을 틀어막았다. 더 토했다간 저녁에 먹은 것이 모조리 나올 것 같았다.

"흐으…… 흐으……."

재건은 호흡을 고르며 입은 옷을 내려다보았다. 양팔과 손이 비석의 흙으로 더러워져 있었다.

'기왕 흙 묻은 김에 뭐.'

재건은 무덤으로 다가가 무성히 자라난 잡초들을 뽑기 시작했다. 보기보다 억세서 힘이 제법 들었다. 제초 가위가 있으면 좋겠지만 그런 게 있을 리 없었다.

그럭저럭 앞면을 손보고 무덤 뒤로 돌아갔을 때였다.

"야~ 옹!"

"으허헉! 깜짝이야!"

재건이 뒤로 넘어지며 엉덩방아를 찧었다. 웬 고양이 한 마리가 꼬리를 세우고 앉아 있었다. 짧고 짙푸른 색의 털을 가진 작은 고양이였다.

"뭐야. 너, 집고양이지?"

재건이 고양이에게 물었다. 목에 분홍색의 줄을 두르고 있었다. 거기에는 한글로 '리카'라는 이름이 새겨져 있었다.

"리카? 네 이름이 리카야?"

"야옹."

"왜 이런 곳에 있는 거야? 길을 잃었어?"

"야옹."

고양이는 재건을 올려다보며 울기만 했다.

어쩐지 고양이의 눈높이가 높은 것 같다는 기분이 들었다. 아래를 보니 고양이는 웬 박스를 깔고 앉아 있었다. 테이프로 칭칭 감긴 커다란 라면 박스였다.

"이건 또 뭐냐. 아무래도 이상하네."

흉흉한 뉴스가 넘치는 세상이어서인지 무서운 생각이 앞섰다.

재건은 침을 꿀꺽 삼키고 용기를 내 박스로 손을 뻗었다. 만약 범죄와 관련된 것이라면 더더욱 확인해야겠다는 마음이었다. 고양이는 박스에서 내려오더니 재건의 옆으로 와 섰다.

"음? 노트북?"

박스의 입구를 개봉한 재건이 멍청한 표정으로 중얼거렸다.

노트북이 들어 있었다. 한눈에도 낡은 구닥다리 노트북이었다. 노트북 외에도 만년필, 회색 머그컵, 갈색 뿔테 안경이 오롯이 담겨져 있었다.

"이거, 네 주인 물건이냐?"

"야옹, 야옹."

마치 알아듣기라도 한 것처럼 고양이가 머리를 한껏 치켜들며 울었다. 재건은 조심스레 손을 뻗어 고양이의 목덜미를 쓰다듬었다. 고양이는 처음 본 재건의 손길이 좋은 듯 가까이 달라붙었다.

바로 그 순간.

"어어?!"

2장
엄청난 선물이다

재건이 두 눈을 부릅뜨고 입을 벌렸다.

고양이를 만진 순간 말로 형용할 수 없는 기운이 팔을 타고 자신의 몸속으로 쑤욱 들어오는 것을 느낀 것이다.

"으으…… 뭐, 뭐지? 술을 많이 마셔서 그런가?"

갑자기 머리까지 지끈거려 왔다. 재건은 한 손으로 머리를 싸매고 신음했다. 고양이는 잠자코 재건의 옆에서 대기하고 있었다.

"아으, 과음했나 봐. 좀 쉬어야지. 너도 일단 우리 집으로 가야겠다. 근데 박스를 들려면 두 손으로 들어야 할 텐데……."

재건의 말에 고양이가 박스 위로 폴짝 뛰어올랐다. 그 귀여운 모습을 보자 재건은 순간 두통마저 잊고 피식 웃었다.

박스를 두 손으로 드니 고양이는 그 위에 잠자코 있었다.

"너, 이름이 리카 맞지?"

"야옹."

"집에 너 줄 거라곤 우유밖에 없는데. 어떡하지."

"야옹."

"내일 일어나면 어떻게든 네 주인 찾아줄게. 나 어차피 할 일도 없는 글쟁이거든."

"야옹. 야옹."

그 날 밤.

재건은 간만에 꿈을 꾸었다.

60대의 한 노인이 푸근한 미소를 짓고 있었다. 그는 재건에게 다가와 담담하게 말을 늘어놓았다.

-쓰고 싶은 글을 쓰게. 다만 쓰고 싶은 글과 읽는 이를 배려하지 않는 이기적인 마음은 분간할 수 있어야 하네.

-글을 쓰겠다고 처음 결심했던 때를 잊지 말게. 왜 그런 결심을 했는지 항상 곱씹을 줄 알아야 해.

"으으으……."

재건은 숙취로 지끈거리는 머리를 문지르며 잠에서 깨어났다.

"야옹."

밤새 재건의 곁을 지키고 있었던 고양이, 리카가 울면서 다가왔다. 재건은 자신의 뺨에 얼굴을 부비는 리카를 어루만지며 몸을 일으켜 세웠다.

"잘 잤냐, 리카? 동네 한 바퀴 산책부터 해야지. 그리고 넌 장난감이랑 놀고 나는 작업을 시작……."

재건이 말을 잇지 못하고 도중에 입을 다물었다.

졸음이 완전히 달아난 얼굴로 그는 리카를 뚫어져라 바라보았다. 두 눈이 세차게 흔들리고 있었다.

"리, 리카. 나 널 원래부터 알고 있었어……?"

"야옹."

재건은 혼란스럽기 짝이 없었다. 리카와의 하루 일과가 머릿속에 명확하게 그려지고 있었던 것이다. 어제 처음 본 고양이인데 이게 도대체 무슨 일인가.

"어어? 어? 이, 이건?"

새로운 기억은 리카에 대한 것만이 아니었다.

재건은 머릿속을 복잡하게 뛰노는 기억들을 하나하나 살피며 온몸을 부들부들 떨었다. 기억의 편린들은 불규칙적이었고 세밀하지도 못했다.

고양이 리카와 산책하는 장면, 어딘가에서 글을 쓰는 장면, 화를 내고 울부짖는 젊은 여자의 모습 등등이 달리는 창밖의 풍경처럼 스쳐 가고 있었다.

이윽고 기억은 한 장의 사진을 재건의 뇌리에 그렸다. 사진 속의 인물을 본 재건은 어젯밤 꾸었던 꿈을 떠올릴 수 있었다.

'꾸, 꿈에 나온 할아버지!'

일어난 직후까지만 해도 꿈을 꿨다는 사실 자체마저 잊고 있었다.

꿈에 나타나 재건에게 이런저런 조언을 한 바로 그 노인이었다. 그 노인에 관한 기억이 어찌 된 영문인지 재건의 머리에 들어온 것이다.

이윽고 재건은 슬리퍼마저 짝짝이로 신고 원룸을 뛰쳐나갔다. 당장 확인해야 할 것이 있었다. 헉헉거리며 달리는 재건의 뒤를 리카가 재빠르게 따라오고 있었다.

재건이 달려 도착한 곳은 야산의 무덤이었다.

그는 거친 숨을 몰아쉬며 어젯밤 자신이 세운 비석을 들여다보았다. 그리고 그 즉시 얼어붙었다.

서건우(1952~2012)

"이럴 수가……!"

재건은 위아래 이를 딱딱 부딪치며 그 자리에 털썩 주저앉았다. 자신의 기억에 다짜고짜 파고든 노인의 이름이 바로 서건우였던 것이다.

어떻게 이런 일이 벌어질 수 있는 걸까.

다른 사람의 기억이, 그것도 죽은 지 한참이나 지난 사람의 기억 일부가 머릿속으로 들어오다니. 재건은 자신의 뺨을 꼬집어 보았다. 분명히 통증이 느껴지고 있었다. 절대로 꿈은 아니었다.

"어? 이, 이건?"

재건의 머리에 또 하나의 새로운 기억이 추가되고 있었다. 다름 아닌 서건우의 주민등록증이었다.

"서울시 종로구…… 평창동……?"

재건은 주민등록상의 주소지를 입으로 되뇌었다.

평창동은 같은 서울이고 이곳에서 그다지 멀지 않았다. 지하철을 타면 4~50분 내로 갈 수 있는 거리였다.

'아무래도 가 봐야겠어.'

일단 집으로 돌아온 재건은 서둘러 몸을 씻었다. 그리고 커다란 백팩에 어제 주운 노트북, 만년필, 머그컵, 뿔테 안경을 챙겼다. 끝으로 고양이 리카도 품에 안았다.

"너도 이리 와. 이거 아마도 너희 집일 거야."

"야옹."

재건은 리카를 안고 지하철에 올랐다. 고양이가 신경이 쓰여서 택시를 타고 싶었지만 재정상의 문제로 대중교통을 이용할 수밖에 없었다.

"아, 뭐야. 지하철에 고양이를 데리고."

"나도 알레르기 있는데, 진짜."

"죄송합니다. 정말 죄송합니다. 금방 내리겠습니다."

불쾌감을 표시하는 승객들에게 거듭 사과하다 보니 순식간에 내려야 할 역이 되었다. 재건은 리카를 안고 재빨리 지하철에서 내렸다.

'어디 보자, 번지수가…….'

주소지가 가까워질수록 보이는 빌라들이 부쩍 늘었다. 어느새 재건은 사방이 빌라로 둘러싸인 좁은 골목 한가운데에서 있게 되었다.

"야옹."

갑자기 리카가 땅으로 내려앉더니 앞장을 섰다. 재건은 리카를 따라 굽이진 골목길을 잰걸음으로 통과했다.

이윽고 리카가 한 허름한 빌라 앞에서 멈춰 섰다.

재건은 빌라의 입구 옆에 붙은 주소지 팻말을 보았다. 기억 속 서건우의 주민등록증에 적힌 것과 꼭 같은 주소였다.

"역시 너희 집 맞았구나. 용케 기억하고 있고. 얼른 들어가 보자."

재건은 빌라로 들어가 201호의 초인종을 눌렀다. 한참 후,

인터폰을 통해 남자의 목소리가 되돌아왔다.

"누구세요?"

"아, 네. 실례합니다. 서건우 씨 혹시 아세요?"

"……무슨 일입니까?"

남자의 목소리가 단숨에 무거워졌다. 재건은 헛기침으로 목을 가다듬고 재빨리 대답했다.

"사실 제가 사는 집 근방에 그분의 무덤이 있어요. 거기에 노트북이랑 이런저런 물건이 있었고요. 고양이도 한 마리 있었는데 아무래도 이 댁의 물건이 아닐까 해서요."

"여길 어떻게 찾았습니까?"

"박스 안에 주소가 적힌 종이가 있었습니다. 뭐, 택배 스티커였던 것 같은데요."

재건이 거짓말을 했다. 갑자기 서건우의 기억이 들어왔고, 그것을 따라 찾아왔다는 미친 소리를 꺼낼 수가 없어서였다.

"주소지가 있었다고? 그럴 리가 없는데……. 아무튼 그것들 다 필요 없으니 그만 돌아가요."

남자는 끝끝내 문을 열지 않고 인터폰으로만 말하고 있었다. 재건은 이상한 기분에 사로잡혔다. 말하는 걸 보니 이 남자가 무덤에 버리고 간 것이 분명했다.

"저기, 혹시 서건우 씨와는 어떻게 되시는 건가요?"

재건이 인터폰에 대고 물었다. 정보가 필요했다. 예고도 없이 머릿속에 들어온 서건우라는 이름의 노인은 대체 정체가 무엇일까. 그것을 반드시 알아내고 싶었다.

덜컹!

갑자기 문이 굉음을 내며 열렸다.

놀라서 한 걸음 물러서는 재건 앞에 30대의 한 남자가 모습을 드러냈다. 아침부터 얼굴은 벌겋고 입에서 술 냄새가 진하게 풍겨져 나오고 있었다.

"당신이 우리 아버지에 대해 알아서 뭐하게?"

"아, 아버지요?"

"제길…… 빌어먹을 노인네……. 어쨌든 좋은 일 하려고 여기까지 가져온 거 같은데 헛걸음입니다. 그거 내가 일부러 그 노인네 무덤에 갖다 버린 거니까."

"일부러 갖다 버렸다고요? 아, 아버지시라면서요? 노트북이랑 안경이랑 하여간 그것들 전부 아버지의 유품 아닙니까?"

"아, 거기까진 말할 거 없고! 아무튼 도로 가져가든 집 앞 쓰레기장에 버리든 마음대로 해요. 팔아봤자 돈도 안 되는 쓰레기들이니까."

남자가 도로 문을 닫으려고 했다.

재건은 황급히 닫히려는 문을 붙잡고 말을 이었다.

"자, 잠시만요. 그럼 리카는요?"

남자가 일순 두 눈을 가늘게 떴다.

"그 망할 고양이 이름은 어떻게 알지?"

"목줄에 적혀 있잖아요, 이름이. 이거 댁에서 키우던 고양이 맞죠? 다른 건 몰라도 고양이는 다시 데려가셔야죠."

남자가 차갑게 웃으며 자신의 왼손을 들어 보였다. 그제야 재건은 남자의 손이 붕대로 칭칭 감겨 있음을 알았다.

"그 리카라는 이름의 망할 고양이가 내게 한 짓이오. 다시 데리고 오려고 손을 내미니까 날 이렇게 할퀴었어. 개떡 같은 고양이. 길에다 버리든가 당신이 키워요."

"자, 잠시만요!"

재건이 필사적으로 문을 붙잡았다. 험악하게 노려보는 남자에게 그는 물었다.

"하나만 더요. 돌아가신 서건우 씨가 무슨 일을 하셨죠?"

꿈에 나온 서건우를 떠올리고 한 질문이었다.

갑자기 남자가 고개를 떨어뜨리고는 기다란 한숨을 뽑아냈다. 그런 끝에 씹듯이 내뱉었다.

"글쟁이요."

"글쟁…… 작가요? 작가셨다고요?"

"그래요, 작가! 죽 쒀서 남 다 퍼주고 세상 뜬 작가 양반이었다고! 이제 제발 그만 좀 가요!"

콰아앙!

재건 앞에서 문이 세차게 닫혔다. 망연자실하게 선 그의 발치에서 리카는 연신 울음소리를 내고 있었다.

'작가였다니……!'

재건은 계단의 난간을 붙잡고 몸을 지탱했다. 두 다리가 후들거려서 제대로 서 있기가 어려웠다. 죽은 작가의 기억이 살아 있는 작가인 자신에게 전이되다니.

"야옹, 야옹."

재건은 울음소리에 이끌려 리카를 내려다보았다.

갑자기 언젠가 읽었던 오컬트 서적의 한 구절이 떠올랐다. 고양이는 산 자와 죽은 자 사이의 다리가 되어줄 수 있는 동물이라고 했던가.

"리카야, 넌 뭔가 알고 있지?"

"야옹."

재건은 무너지듯 그 자리에 쪼그려 앉았다.

고양이에게 답을 기대하고 질문을 하다니. 자신을 잃어버린 것 같은 기분이었다. 공황장애에 걸린 사람들이 말하는 인지부조화라는 것이 이런 기분을 말하는 것일까.

상념에 잠겨 걷다 보니 어느새 집 앞이었다.

'뭐야, 어떻게 돌아왔지.'

어디서 지하철을 어떻게 타고 어디서 내려 걸어왔는지 아무 기억도 나지 않았다. 재건은 비틀거리는 걸음으로 계단을 밟아 2층의 원룸으로 돌아왔다.

'노트북에 뭔가 있을까.'

서건우라는 사람이 작가였다는 말을 듣자 더욱이 궁금해졌다. 자신에게 전이된 기억은 그야말로 일부일 뿐이었다. 모르는 부분이 너무도 많았다.

재건은 옷을 벗기도 전에 백팩에서 노트북부터 꺼냈다. 어댑터를 꽂고 전원을 누르자 다행스럽게도 정상적으로 작동이 됐다.

'진짜 옛날 거긴 하다.'

부팅이 끝나고 사양을 확인하니 헛웃음이 먼저 나왔다.

메인 메모리가 고작 256메가바이트였다. 거기에 하드는 40기가, 운영체제는 윈도우98이었다. 공짜로 쓰라고 줘도 거절할 법한 노트북이었다.

'아무것도 없잖아.'

서건우란 사람에 대한 정보는 어디에도 없었다. 무엇인가를 검색한 흔적도 없었다. 프로그램도 기본적으로 있는 것 외엔 문서를 작성하는 워드 프로그램 하나뿐이었다.

재건은 자신의 컴퓨터로 인터넷에 접속했다. 그리고 서건우라는 이름으로 검색을 해보았다.

동명이인은 너무나도 많았다. 작가로 검색해도 나오는 것은 없었다. 출생년도와 사망년도까지 입력해 검색을 해봐도 결과는 매한가지였다.

'필명을 써서 출간했었나.'

본명 대신 필명으로 책을 내는 작가가 수두룩한 세상이다. 재건 본인도 필명을 쓰고 있었다.

어쨌든 서건우로 검색해도 나오는 것이 없으니 결론은 둘 중 하나일 터였다. 생전에 필명으로 활동했거나, 아니면 출간한 작품이 하나도 없거나.

드르륵!

생각에 빠져 있던 차에 갑자기 전화가 와서 재건은 몸을 흠칫 떨었다. 화면에 전화를 건 상대의 이름 세 글자 '하재인'이 떠올라 있었다. 3살 터울인 친누나의 이름이었다.

재건은 즉각 전화를 받지 못하고 망설였다. 누나의 전화로 인해 잠시나마 잊었던 현실이 되돌아오고 있었다. 뭔가 누나를 기쁘게 할 일이 하나도 없었다.

전화를 받지 않으면 걱정할 것이다. 27살이나 먹은 동생을 아직도 물가에 선 아이처럼 대하는 누나기에. 재건은 한숨 끝에 전화를 받았다.

"어, 누나."

–받았네? 자고 있는 줄 알고 끊으려고 했어.

"아니야, 일어나 있었어."

–밥은 먹었구?

"시간이 몇 신데, 먹었지."

꼬르륵 소리가 나는 배를 누르며 재건이 대답했다.

–반찬은 뭐랑 해서 먹었어?

"대충 잘 해서 먹었어. 그만 좀 물어봐. 내가 애야?"

–애지, 그럼.

"에혀."

핸드폰 저편에서 누나가 까르륵 웃었다. 그러더니 진지해진 목소리로 말을 이었다.

–내일 집에 올 거지?

"가야지."

–그래, 이럴 때라도 와서 아빠 보구 가. 많이 늙으셨어.

"어."

–왜 그렇게 목소리에 힘이 없어? 무슨 일 있어?

누나가 근심스럽게 물었다.

재건은 누나에게 미안했지만 계속 대화를 이어가기가 부담스러워서 거짓말을 했다.

"미안한데, 나 지금 마감 코앞이라 일해야 돼."

–아, 진작 말하지! 알았어, 알았어! 끊을게! 얼른 일 봐!

뚝!

바로 전화가 끊겼다. 글에 관한 일이라면 언제나 만사 제치고 지지해 주는 누나였다. 따라서 이번에도 효과는 직방이었다.

'미안해, 누나.'

스스로 골드미스가 되고 싶다고 웃으며 말하는 누나. 하지만 재건은 진실을 알고 있었다. 가난한 집안을 챙기느라 그 흔한 연애 한 번 제대로 해보지 못했다는 것을.

'이럴 때가 아니지.'

누나에게 댄 핑계를 진실로 만들어야 한다. 재건은 컴퓨터 바탕화면의 아이콘을 클릭해 워드 프로그램을 실행시켰다. 부지런히 쓴 무협 소설의 초고가 눈앞에 떡하니 나타났다.

'암담하다…….'

편집장에게 안 좋은 소리를 들었기 때문일까.

소설이 아니라 단순한 글 덩어리, 문자 혼합물로 보였다.

재건은 이마를 싸맨 채 스크롤을 가장 위로 올렸다. 처음부터 읽으면서 수정할 부분을 찾아볼 생각이었다.

'어어?'

소설을 읽으면서 재건의 얼굴이 시시각각 창백해져 갔다.

완벽한 글이라고는 물론 생각하지 않았다. 하지만 이렇게나 문제가 많은 글이었을 줄이야. 어제까지만 해도 전혀 보이지 않았던 문제점이 쏟아져 나오고 있었다.

'이 시점에서 이런 정보는 불필요해. 독자들은 지겨워할 뿐이야. 여긴 통으로 삭제!'

'주인공이 새로운 기술을 배우고 성장하는 중요한 장면인

데 연출이 너무 부족해. 여기를 더 디테일하게 살려야 해!'

'이 여자가 여기서 주인공의 뺨을 때리다니. 이건 정신병자나 할 짓이잖아? 주인공에게 빌어도 모자랄 판에!'

탁! 타닥! 타다닥! 탁! 타닥!

열 손가락이 보이지 않는 속도로 키보드 위를 날았다.

이렇게까지 글쓰기에 몰입한 적이 얼마만인가. 아니, 그 자체를 생각하지도 못할 만큼 재건은 완전히 수정 작업에 빠져들었다. 전에 없던 영감이 물밀 듯이 밀려와 재건의 손가락에 날개를 달아주고 있었다.

1시간…… 2시간…… 3시간…… 4시간…….

재건은 시간의 흐름조차 느끼지 못했다.

양쪽 관자놀이를 타고 땀이 비 오듯이 흘러내렸다. 열이 오른 열 손가락은 새빨개져 있었다.

탁!

"후우……!"

마지막 줄에서 엔터를 입력하고 난 재건이 한숨을 내쉬며 상체를 뒤로 젖혔다. 비로소 정신을 차리고 보니 방 안이 한없이 어두웠다. 창밖으로 보이는 세상은 달이 뜨는 밤으로 물들어 있었다.

"맙소사, 몇 시간을 논스톱으로 작업한 거야?"

시계를 보니 오후 7시가 넘어가고 있었다.

몇 시부터 작업을 했는지도 기억에 없었다. 재건은 작업 직전 누나와의 통화를 떠올리고 핸드폰의 기록을 확인해 보았다. 오전 11시쯤이었다.

"8시간이라니…… 아니, 내가 왜 이래?"

손톱만큼의 잡념조차 들지 않고 집중한 시간이었다.

이렇게까지 열과 성을 다해서 글을 썼던 적은 없는 것 같았다. 정말이지 스스로의 존재조차 망각했던 시간이었다.

'이건 재미있어! 수정을 하니까 글이 완전히 달라졌어!'

수정하고 난 글을 확인하며 재건은 주먹을 불끈 쥐었다. 자신감의 근거는 없었지만 확신할 수 있었다. 이건 편집장이 분명히 좋아할 것이라고. 이런 확신이 드는 건 난생 처음이었다.

재건은 내친김에 수정한 원고를 편집장의 이메일로 보냈다. 메일을 발송한 직후 등 뒤에서부터 리카의 울음소리가 들려왔다.

"아, 리카. 미안해. 너 배고프지?"

리카만이 아니라 재건도 허기가 졌다. 오늘 온종일 무엇 하나 제대로 먹은 것이 없었다. 재건은 리카의 사료를 살 겸 산책이나 하려고 웃옷을 챙겨 입었다.

"4만 5,000원입니다."

"네? 이게 그렇게 비싸요?"

애견용품 전문점의 카운터 앞.

재건은 수치심마저 잊고 일순 놀라서 되물었다. 아르바이트생으로 보이는 여자가 히죽 웃으며 대답했다.

"그 정도 용량에 그 가격이면 저렴한 편이에요. 인터넷으로 사면 더 저렴하겠지만 큰 차이는 나지 않을 거예요."

"아아, 생각보다 비싸네……."

"사실 건가요?"

"네, 네. 여기요."

지갑에서 돈을 꺼내 내미는 손이 부들부들 떨렸다.

가난하니 도리가 없었다. 리카는 귀엽지만 현실은 혹독했다. 당장 4만 5,000원이면 쌀이 얼마며 라면이 몇 개인가.

"안녕히 가세요."

재건은 인사를 하는 둥 마는 둥 넋이 반쯤 나간 채로 매장을 나섰다. 품 안의 리카는 왜 그러냐는 듯이 재건을 올려다보며 영롱한 두 눈을 깜박이고 있었다.

"너 그거 나 놀리는 눈빛이냐?"

"야옹."

"됐다. 네가 뭘 알겠냐. 괜찮아, 우리 누나가 항상 말했어. 먹는 데에 돈 아끼는 거 절대로 아니라고. 잘 먹어야 잘 산다고. 너도 이제 내 가족이니까. 가족이니까…… 하아, 빨리 가

자. 집에 가서 라면이나 끓여 먹어야겠다."

라면으로 마음을 정한 재건은 몸을 돌렸다. 집을 향해 잰 걸음을 옮기며 그는 품 안의 리카에게 연신 말을 붙였다.

"계란 떨어졌어. 가는 길에 몇 개 사가야지. 라면에 계란 하나 풀어 넣으면 단백질 보충도 되고 최고야. 밥까지 말아 먹으면 충분하지. 다른 건 더 필요 없어."

드르륵!

주머니에서 핸드폰이 몸을 떨었다. 가장 친한 친구 정진 아니면 누나일 것이리라 생각하고 핸드폰을 꺼내 든 재건의 두 눈이 휘둥그레 변했다.

'이 시간에 무슨 일이시지?'

편집장으로부터 걸려온 전화였다. 수정한 원고를 보낸 지 이제 고작 30분밖에 지나지 않았는데 벌써 전화가 오다니. 무슨 일로? 재건은 어쩐지 불길한 기분에 사로잡혔다.

"여, 여보세요?"

-하 작가님, 이거 하루 만에 이렇게 수정하신 거예요?

"네? 네, 그렇긴 한데 왜요? 뭔가 잘못된 부분이라도 있나요?"

재건이 위축된 목소리로 말끝을 흐렸다.

전보다 더 안 좋아졌다는 이야기를 하려고 이렇게 말머리를 꺼낸 걸까. 분명히 재미있다고 생각했는데 또 혹평을 받게 된다면 어떻게 해야 하나. 생각만으로도 암담해져서 재건은 두 눈을 질끈 감았다.

그러나.

이어지는 편집장의 말은 재건의 예상을 완전히 비껴갔다.

–아니, 진즉 이렇게 쓰시지 그러셨어요!

"네?"

재건이 뜨악한 얼굴로 허리를 꼿꼿이 폈다. 편집장의 밝은 목소리가 전파 너머에서부터 이어지고 있었다.

–주요 설정들 수정하시고 흐름 몇 개 바꾸시니까 내용이 완전히 달라졌네요. 재미있게 읽었어요.

"재미…… 있다고요?"

–재미있어요, 진짜로. 제가 없는 말 할 사람으로 보이세요?

"아, 아니요. 그럴 리는 없죠."

없는 말을 겉치레로 할 편집장은 결코 아니었다.

5년 가까이 알고 지낸 재건은 그 사실을 잘 알고 있었다. 그가 재미있다고 말하면 정말로 재미있는 것이다. 적어도 편집장은 그렇게 긍정적으로 받아들인 것이다.

–오탈자랑 비문 조금 있는데요. 심각한 수준은 아니고 이건 편집부에 맡길게요. 괜찮으시죠?

"아아, 네. 저야 그럼 수고 덜고 감사하죠."

–내일 중에 당장 작업 들어가고 인쇄소 보내야겠어요.

4~5일 내로 책 나올 수 있도록 해볼게요. 아, 그리고 하 작가님. 이제 와서 이런 말씀드리는 거 저도 좀 애매하고 죄송하긴 한데요. 혹시 돈 필요하시면 계약금 추가로 넣어드릴까요?

"계약금이요? 그래주시면 완전 감사하죠."

듣던 중 반가운 소리에 재건의 목소리가 부쩍 높아졌다.

당장 리카의 사료로 4만 5,000원을 쓰고 나니 잔금이 너덜너덜한 상태였다.

흥행하는 작가라면 계약금을 얼마든지 미리 요구하고 또 받았겠지만 재건은 그러지 못했다.

계약금이라는 건 선인세다.

작품을 팔고 나오는 인세의 일부를 미리 지급하는 개념이다.

팔리지 않는 작가이기에 자신감이 부족했던 재건은 넉넉한 액수를 요구하지 못하고 있었던 것이다.

—알겠어요. 전에 50만 원 드렸었죠? 1권이랑 2권이랑 보장 부수 맞춰서 남은 액수 넣어드릴게요. 내일 오전 10시면 들어갈 거예요.

"아, 정말 감사합니다. 편집장님."

—저야말로 감사하죠. 이런 재밌는 글 주셔서. 앞으로도 잘해봅시다, 하 작가님. 이거 잘될 거예요.

"그럴까요."

-제 안목을 믿어보세요. 괜찮게 나갈 거예요. 그럼 고생하셨으니 오늘은 일찍 쉬세요.

"네, 편집장님도 수고하세요."

전화를 끊고 난 재건은 그 자리에 굳듯이 섰다.

한 손에는 고양이 사료 포대를 들고, 다른 한 손으로는 리카를 품에 안은 채 멀거니 움직일 줄을 몰랐다.

'내 글이 재미있다고……?'

처녀작을 내고 어언 5년째.

3질의 작품을 냈지만 속된 말로 모조리 망했다.

재미있다는 평가는 인터넷 그 어디를 뒤져 봐도 찾아볼 수가 없었던 나날이었다.

오늘 처음으로 칭찬을 들었다.

단순한 칭찬이 아니라 이 정도면 격찬이라고 할 수 있었다.

칼날처럼 예리하고 혹한의 겨울처럼 혹독한 평가로 업계에 명성이 자자한 편집장으로부터 격찬을 들었다. 가슴 가득 울리는 울컥한 심정은 그 어떤 문장으로도 형용할 수 없을 것 같았다.

뚝. 뚝. 뚝.

재건의 두 눈에서 눈물이 방울져 떨어졌다.

뜨거운 눈물이 떨어져 내리자 리카가 머리를 들었다. 리카는 앞발을 들고는 재건의 가슴팍을 위로하듯 부드럽게 긁어 댔다.

"리카…… 재미있대."

"야옹?"

"내 글이 재미있대. 칭찬하는 일이 거의 없는 편집장인데……. 너 진짜, 그 편집장이 어떤 사람인지, 흐으…… 재미있다고…… 나한테…… 으으흐……."

뺨을 타고 흐르는 눈물이 걷잡을 수 없이 굵어지고 있었다.

재건은 길바닥에 사료를 떨어뜨리고 두 팔로 리카를 품 안 가득 끌어안았다. 리카는 가만히 몸을 맡긴 채 이따금 축하하듯 앙증맞게 울어댔다. 날씨가 더 이상 춥지만은 않았다.

3장

반응이 오는가

다음 날 아침.

폰뱅킹으로 계좌를 확인한 재건은 안도의 한숨을 내쉴 수 있었다. 210만 원 남짓의 계약금이 들어와 있었다.

'살았다……!'

어차피 1, 2권을 내고 받을 돈을 선인세로 받은 것.

조삼모사라는 느낌이 들지 않는 건 아니지만 어쨌든 얼마간이라도 돈이 절실했던 상황이라 마음이 든든해졌다.

'진짜 이건 신이 도운 거야.'

오늘은 아버지의 생신이다.

빈손으로 내려갈 뻔했는데 계약금이 들어온 덕분에 선물도 마련할 수 있게 된 것이다.

"리카야, 진짜 미안한데 하루만 집에 있어. 부모님이 애완동물이라면 질색을 하셔서 데리고 가기가 어렵다. 일찍 돌아올게."

"야옹."

리카는 이해할 수 있다는 듯이 가볍게 울고는 침대로 폴짝 뛰어올라 베개에 턱을 괴었다.

재건은 서둘러 씻고 옷을 입은 다음 집을 나섰다. 본가는 수원에 있었다. 지하철을 타고 1시간 반 정도 걸리는 거리였다.

'현금으로 드리는 편이 낫겠지.'

재건은 선물을 살까 하다가 마음을 바꿨다. 괜히 아버지 마음에 들지 않는 선물을 사게 되면 난감해진다.

애초에 어릴 때부터 좋은 소릴 들어본 적이 없었다. 어머니나 누나와는 전혀 달랐다. 아버지란 사람은 언제나 아들에게 차가웠다.

수원역에서 내린 재건은 돈을 찾아 봉투에 따로 30만 원의 현금을 담았다. 베이커리에 들러 생크림 케이크도 하나 샀다. 아버지는 드시지 않겠지만 달달한 것을 좋아하는 어머니와 누나를 위해서였다.

딩동!

재건은 가족이 살고 있는 빌라에 도착해 초인종을 눌렀다.

빠르게 슬리퍼를 끄는 소리가 가까워 오더니 문이 활짝 열렸다.

"어쩐 일이야? 이렇게 일찍 왔어?"

재인이 이제 겨우 오후 2시를 넘긴 벽시계를 돌아보며 놀랍다는 듯이 물었다. 재건은 웃으며 신발을 벗었다.

"누나는 뭐 하고 있었어?"

"간만에 휴일이라 쉬고 있었지."

주방을 보니 쉬고 있었다던 재인의 말은 거짓말이었다.

솥에서 갈비찜이 부글부글 끓고 있었고 식탁 위에는 잡채를 만들기 위한 재료가 가득했다. 아침부터 부지런히 음식을 만들고 있었던 것이 분명했다.

"점심은 먹었니? 아니, 네가 먹었을 리가 없지. 앉아."

"엄마는?"

"아빠랑 등산 가셨어. 이제 슬슬 돌아오실 때 됐는데. 일단 먹어."

"어."

재건이 의자를 빼고 식탁 앞에 앉았다.

재인은 동생을 위해 계란말이를 하고, 햄을 부치고, 오징어젓갈과 김치를 덜어 꺼내고, 밥을 펐다. 순식간에 맛있는 밥상이 뚝딱 차려졌다. 전부 재건이 좋아하는 반찬들이었다.

"잘 먹겠습니다."

"빨리 먹어. 밥 모자라면 말하고."

간만에 먹는 누나의 밥맛은 그대로였다.

그 어떤 식당에서도 맛볼 수 없는 깊은 풍미.

재건은 때때로 재인에게 식당을 차리라고 말을 한 적도 있었다. 농담이 아니라 진심이었다. 그만큼 누나의 요리 솜씨는 좋았다.

"맛있어?"

"당연한 걸 왜 물어봐."

"혼자 지내도 밥 잘 먹고 그래."

"알았다니까."

"집으로 다시 들어오면 좋겠지만……."

"아버지가 나 싫어하는 거 알면서 그래."

"아니까 말을 다 못 하지, 바보야."

"누나."

"어?"

재건이 잠시 밥숟가락을 내려놓았다. 입에 든 음식물을 완전히 삼키고 나서 그는 재인에게 말을 이었다.

"나 잘 풀릴 것 같아."

"그래? 너 무슨 일 있었구나?"

재건이 두 눈을 내리깔고 머쓱하게 웃었다.

재인은 재건의 허벅지를 찰싹찰싹 때리며 대답을 재촉

했다.

“뭐야, 뜸들이지 마. 얼른 말해봐. 말해봐.”

“이번 글 재미있다고 편집장이 칭찬했어.”

“정말? 전에 통화로 말했던 그 편집장 맞지? 엄격하기로 소문났다던.”

“맞아. 그 사람이 재미있대. 계약금도 엄청 줬어. 아, 그래서 이거.”

재건이 품에서 30만 원이 든 돈 봉투를 꺼냈다. 그것을 재인에게 내밀며 그는 나직이 말했다.

“이거 아버지 드릴 용돈인데, 내가 드리면 안 받으실 테니까 누나가 드리면 좋을 거 같아.”

“으응…….”

재인이 봉투를 받아 들었다. 생각보다 두툼해서 놀란 그녀는 안을 들여다보고는 소스라치게 놀랐다.

“이거 얼마야? 헤에, 30만 원이네?”

“뭘 그 정도 갖고 놀라.”

“야, 빼. 아버지 10만 원만 드려도 돼.”

“아, 누나. 이러지 마.”

“네 생활부터 챙겨야지. 무리하지 마. 누나 앞에서 쫀심 세울 필요도 없어.”

재건은 재인의 손을 붙잡아 누르며 고개를 가로저었다.

"쫀심 세우는 거 아니야. 그동안 내가 비루하게 살아온 걸 생각해 봐. 그런 거 따질 상황이나 되는 인간이야, 내가?"

"재건아……."

"30만 원? 이거 아무것도 아니야. 조만간 300만 원, 아니, 3,000만 원도 가지고 올 거야. 제발 아무 말 하지 말고 그냥 받아주라. 이거 무리하는 거 아니야. 이 정도 아버지 용돈으로 드릴 수 있어."

누나가 고개를 떨어뜨렸다. 그것만으로도 재건은 화들짝 놀라서 누나의 양어깨를 붙잡고 앞뒤로 가볍게 흔들며 말했다.

"또 울려고 한다. 울지 마. 누나 울면 나 바로 가버린다."

"안 울어. 눈에 먼지가 들어가서 그래."

"거짓말하지 마. 무슨 먼지야 또."

고개를 든 재인은 코끝이 빨개진 얼굴로 씁쓸하게 웃고 있었다.

"멋있어, 내 동생."

"애한테 말하듯 하지 마. 3살밖에 안 많은 주제에."

"3살밖에? 야, 내가 너보다 밥을 먹어도 3,000그릇은 더 먹었어. 왜 이래?"

"그래서 요즘 이렇게 살이 쪘나 보다."

"야, 장난하냐? 딱 50킬로거든? 너 이리 와봐, 아주 그냥."

"아우, 농담한 거야. 숨 막혀."

재인이 등 뒤에서부터 재건의 목을 두 팔로 졸랐다. 그들의 등 너머 현관에서 '딩동' 하고 초인종 소리가 울렸다.

"너 엄마랑 아빠 덕분에 산 줄 알아."

재인이 현관으로 가 문을 열었다.

재건도 자리에서 일어나 현관을 바라보고 섰다. 아버지와 어머니가 등산복 차림으로 들어서고 있었다.

"다녀오셨어요."

"아이구, 우리 재건이 오늘 일찍 왔네?"

어머니가 신발을 벗자마자 달려와 재건을 끌어안았다.

아버지는 그 뒤에서 헛기침을 하며 천천히 등산화를 벗고 있었다.

"왜 이렇게 말랐어? 너 요즘도 라면만 먹지?"

"아니야, 잘 먹어. 그러는 엄마는 왜 이렇게 마르셨어?"

"얘가 엄마 놀려? 요즘 살이 얼마나 쪘는데. 여보, 재건이가 나 놀리는 거 같지? 응? 나보고 말랐대."

아버지는 대답이 없었다. 신발을 벗고 거실 마루로 올라선 그는 굳은 표정 그대로 재건을 지나쳐 방에 들어가 버렸다.

"으이구, 저 양반도 참……. 네가 이해해. 막걸리 한잔하셨어."

"난 아무렇지도 않아."

"엄마가 가서 좀 보고 올게. 누나랑 놀고 있어, 아들."

어머니가 재건의 엉덩이를 팡팡 두드리고는 아버지를 따라 방으로 들어갔다.

문이 닫히고 아버지와 어머니가 대화하는 기척이 들려왔다. 점점 목소리가 높아지면서 금세 고성으로 뒤바뀌었다.

"생일날까지 왜 이래요, 당신! 재건이도 얼마나 생각이 많겠어요? 오늘은 좀 평탄하게 지나갑시다, 네?"

"제깟 놈이 생각해 봤자 뭐! 누가 저놈더러 여기 오라고 했나? 얼굴만 봐도 속이 뒤집혀! 뭐? 글? 허, 제 구실도 못하고 제 인생도 파악을 못한 놈이 남들이 나오는 소설을 쓴다고? 저런 한심한 놈은 밥을 먹일 필요도 없으니까 빨리 보내! 가서 그 잘난 글줄이나 마저 쓰면서 신선놀음이나 하라고 해!"

"당신 진짜!"

재건은 현관으로 느릿느릿 걸음을 옮기고 있었다. 신발을 신는 그의 등 뒤에서 재인은 당장에라도 울음을 터뜨릴 것 같은 얼굴을 하고 서 있었다.

"재건아……."

재인은 동생에게 해줄 말이 없었다.

아버지가 당신의 생일까지 이렇게 가차 없을 줄은 몰랐다. 본인의 뜻을 저버리고 작가의 길을 택한 아들에 대한 분노는 여전히 크고 뜨겁기만 했다. 그 착잡한 현실을 재차 확인하는 순간이었다.

"엄마한텐 말 좀 잘해줘. 나 갈게."

"미안해. 누나가 조만간 쉬는 날 놀러갈게."

"안 그래도 돼. 전화할게, 내가."

재건은 재인의 젖은 시선을 등지고 집을 나섰다. 지하철역으로 향하는 그의 심정이 울적하지만은 않았다. 걸음걸이는 더없이 힘차고 당당했다.

'두고 보세요, 아버지.'

재건은 마음을 다잡으며 이를 악물었다.

예전에는 이렇게 아버지로부터 쓴소리를 듣고 나면 작업을 팽개치고 소주부터 찾았다. 그만큼 매번 정신적으로 타격이 컸다.

하지만 지금은 아니었다. 언제나 희미하기만 했던 미래가 보이기 시작했기 때문이다. 그래서 발길을 서둘렀다. 빨리 원룸으로 돌아가 계약한 무협 소설의 다음 권을 쓰기 위해서.

파앗!

"아우, 씨발! 또 이 지랄이야!"

"야옹!"

욕설 섞인 고성에 사료를 먹고 있던 리카가 놀라서 울음소리를 냈다.

재건은 컴퓨터 앞에 앉은 채 두 손바닥에 얼굴을 묻었다. 화면은 오류로 인한 블루스크린으로 가득히 채워진 상태였다.

"고친 지 얼마나 됐다고 또 오류가 나고 난리냐."

불평은 하고 있지만 사실 오래 쓰긴 쓴 컴퓨터였다. 대학생 때부터 썼으니 7년 이상은 족히 사용한 셈이었다.

"망할, 그래도 원고를 보내고 나서 맛이 갔으니 다행이지."

재건은 계약한 무협 소설을 3권까지 써서 편집장에게 보냈다.

그리고 4권을 이제 막 쓰기 시작하는 와중에 오류가 난 참이었다. 그나마 다행스럽긴 했지만 이제부터는 어떻게 글을 써야 할지 앞이 막막했다.

"컴을 하나 새로 사야 하나."

이 기회에 컴퓨터를 하나 사도 나쁘지는 않을 것 같다는 생각이 들었다.

받은 계약금은 아직도 150만 원가량이 남아 있었다. 보름 전쯤, 아버지의 생신 용돈으로 30만 원을 쓰고 리카의 건강식과 사료, 생활용품 따위를 사고도 이렇게나 돈이 남았다.

'아니, 안 돼. 아직은 안심할 수 없어.'

재건은 잠시나마 들었던 생각을 뿌리쳤다.

언뜻 넉넉해 보여도 막상 쓰기 시작하면 술술 새는 게 돈이라는 걸 잘 알고 있었다.

당장 돌아오는 월세와 공과금만 내더라도 100만 원 이하로 내려갈 터였다. 여기서 또 다음 달 생각도 하지 않고 그 비싼 컴퓨터를 산다고? 오늘만 살고 말겠다는 사람의 인생 없는 이야기였다.

'pc방이나 가야겠다. 한동안 월정액 끊고 가서 써야지.'

머릿속이 써야 할 소설의 내용으로 꽉 차 있었다. 빨리 글을 써서 풀어버려야만 직성이 풀릴 것 같았다. 재건은 자리를 박차고 일어났다.

바로 그때였다.

'아, 맞다. 저게 있었지!'

방 한구석으로 재건의 시선이 쏠렸다.

서건우의 유품인 노트북이 그곳에 놓여 있었다. 사양은 심하게 낮은 옛날 컴퓨터지만 글을 쓰는 작업에 큰 지장이 있을 것 같지는 않았다.

'워드도 깔려 있었어. 작동도 정상적으로 잘되니까 급한 대로 저걸 써야겠다.'

재건은 고장 난 자신의 컴퓨터를 책상에서 끌어내고 대신 서건우의 노트북을 올려놓았다. 어댑터를 연결한 다음 전원 버튼을 누르자 삑 소리와 함께 부팅이 시작되었다.

"7년 쓴 내 컴보다도 한참 조상이구나, 너는."

재건은 부팅되는 노트북에 말을 걸며 키보드와 마우스를 연결했다. 노트북에 탑재돼 있는 기본 키보드보다 자신이 쓰던 키보드가 손에 익숙한 건 당연한 일이었다.

드르륵!

편집장으로부터 전화가 걸려왔다.

재건은 바탕화면의 워드 프로그램 아이콘을 마우스로 더블 클릭하며 전화를 받았다.

"네, 편집장님."

―안녕하세요, 하 작가님. 어떻게 3권을 보름 만에 써서 보내셨어요? 미리 써두셨던 거예요?

"하하, 네. 그건 아니고 스토리가 술술 잘 나와서요."

재건의 대답은 전혀 거짓이 아니었다.

죽은 서건우의 기억 일부가 머리에 들어온 뒤로 글을 대하는 감각 자체가 달라졌다.

정확히 짚어낼 수는 없었지만, 아무래도 자신에게 습득된 것은 기억만이 아닌 것 같았다. 영감이 끊임없이 샘솟았고 더불어 글을 보는 안목 또한 높아졌다. 글을 쓰는 내내 스스로도 또렷하게 그 차이를 느낄 수 있을 정도였다.

―와, 그럼 정말 미리 써두신 게 아니라 보름 만에 쓰신 거예요?

편집장이 놀라는 것도 무리가 아니었다.

원래 재건이 글을 쓰는 속도는 빨라야 한 달에 1권이었다. 보름은 초고를 완성하고 나머지 보름은 초고를 수정하는 데에 쓰곤 했던 것이다.

–훑어봤는데 3권도 재미있어요. 딱히 손을 볼 곳도 없을 것 같고요. 고생이 많으세요, 하 작가님.

"아니에요. 모자란 글 편집해 주시느라 편집장님이 고생이시죠."

–하하하, 뭘요. 그건 그렇고요. 하 작가님, 놀라운 소식이 있어요.

"놀라운 소식이요?"

–전화기 놓치지 않게 꼭 붙들고 계시는 게 좋을 것 같아요.

편집장의 말에 핸드폰을 잡은 재건의 손에 힘이 들어갔다.

"뭔데 그러세요? 안 좋은 일은 아니죠?"

–아마 좋은 일일 거예요. 증쇄를 싫어하는 작가가 있을 리는 없잖아요?

"……?!"

재건은 순간 자신이 잘못 들은 것이 아닐까 생각했다.

증쇄라니. 설마 내가? 내가 쓴 작품이? 재건은 결코 믿을 수가 없었다. 전파 너머에서 편집장의 목소리는 계속 키득거리고 있었다.

—제 말 들으시고 계신 거죠? 하 작가님? 하 작가님?

편집장은 재건이 듣고 있다는 걸 뻔히 알면서도 묻고 있었다.

재건은 황망히 일어서서 좁은 원룸을 뱅뱅 돌다가 다시 의자에 몸을 앉히고 대답했다.

"네, 네…… 네네. 듣고 있어요. 증쇄라고요?"

—네, 증쇄 맞아요. 입고한 대여점 점주들 반응이 아주 좋아요. 60샵 찍을 거 같아요. 그래서 1,000부 증쇄하기로 했어요.

"네? 며, 몇 부요? 1,000부요?"

재건은 후들거리는 자신의 두 다리를 내려다보며 바보처럼 되묻고 있었다.

전자책 및 유료 연재 시장이 활성화되면서 종이책 쪽은 총체적 난국인 시장이었다.

권당 2,000부를 소화하는 것만도 힘겹기 짝이 없는 판국이었다. 이런 상황에서 증쇄를 한 것만도 대단한데, 100단위가 아니라 무려 1,000단위의 증쇄라니.

"펴, 편집장님. 거짓말, 거짓말…… 하시는 거 아니죠?"

편집장이 실없는 말을 할 사람이 아니란 걸 알면서도 재건은 그렇게 물을 수밖에 없었다. 그의 두 눈은 여전히 자신의 휑하고 초라하기만 한 원룸을 담고 있었다.

-제가 그렇게 신뢰감이 없었어요? 이런 걸로 왜 작가님한테 거짓말을 해요? 정말 축하해요, 하 작가님. 노력하신 결과가 슬슬 나오는 것 같아요. 실질적으로 수익도 늘어날 거고 생활하시기도 훨씬 좋아질 거예요.

재건은 1권당 8%의 인세로 계약했다.

책 1권의 가격이 8,000원이니 1권이 팔릴 때마다 640원을 받는 셈이다. 1,000부면 64만 원. 3.3%의 세금을 원천징수하겠지만 어쨌든 그 정도의 수익이 된다.

할 말을 잃은 재건이 침묵하는 사이, 편집장은 쾌활하게 대화를 마무리했다.

-그럼 계속 고생하세요. 다음 권도 기대할게요. 너무 무리하지는 마시고요. 아, 조만간 한번 얼굴 보고 식사나 하시죠.

"네, 네…… 편집장님. 정말 감사합니다."

전화를 끊고 난 재건은 냉장고로 가 냉수를 꺼내 벌컥벌컥 마셨다.

한껏 들뜬 가슴은 도저히 진정이 되지 않았다. 이 주체할 수 없는 기쁨을 어딘가 풀어야 하는데 대상이 없었다. 누나 혹은 친구 정진에게 전화를 걸고 싶었지만 두 사람 모두 한창 일하고 있을 시간이었다.

결국 재건은 리카를 들어 끌어안으며 소리치듯 말했다.

"리, 리카! 들었어? 나 증쇄한대! 그것도 1,000부나 한다고!"

"야옹."

"이제 1권에 3,000부씩 팔린다는 거야! 그럼 대충 190만 원이야. 와, 진짜! 엄청나! 내가 소설을 써서 1권에 200만 원 가까운 돈을 벌어들일 수 있는 날이 왔다니! 이게 말이 된다고 생각해?"

"야옹. 야옹."

인기 작가들이 보면 별거 아닌 금액이라고 할 수도 있었다.

하지만 오래도록 글을 쓰며 변변치 못한 수익만 올렸던 재건에게는 실로 남다른 성취이자 쾌거가 아닐 수 없었다.

"좋아, 이 기분을 유지해서 계속 4권을 써야겠어! 4권도 보름 안에 써주지! 다음 달을 기대해라, 리카! 돈 왕창 벌어서 캣타워인지 뭔지 아주 쌔끈한 걸로 하나 사줄 테니까!"

재건은 신이 나서 서건우의 구형 노트북으로 글을 쓰기 시작했다.

4권의 전체적인 얼개는 이미 완성되어 있었다. 차분하게 글로 옮기는 작업만이 남았다.

타닥! 탁! 타다닥! 타다닥!

모니터 화면 위로 재건이 써낸 글자들이 쏟아져 나왔다.

글자들은 빛과 같은 속도로 뭉쳐서 단어가 되고 문장이 되고 또 한 문단을 이루었다.

'자, 이제 여기서 주인공이 뒤통수를 한 대 맞고. 시원하게 사이다를 터뜨리기 위한 1보 후퇴를 하고……. 으음?!'

집중해서 열심히 쓰던 도중.

재건은 문득 기묘한 감각에 사로잡혀 키보드 위에서 손가락을 멈췄다.

'뭔가 느낌이 이상해.'

원래 지금처럼 빨리 쓸 땐 타자를 두드리는 속도가 생각을 따라가지 못하는 느낌을 곧잘 받곤 했다. 그런데 지금은 느낌이 정반대였다. 타자를 두드리는 속도가 사고능력을 월등히 앞서고 있는 듯한 기분이었다.

'잠깐만. 아니, 이거 뭐야?'

문득 워드 프로그램 밑의 전체 쪽수를 본 재건은 입을 떡 하니 벌렸다.

시계를 보니 쓰기 시작한 지 불과 1시간밖에 지나지 않았다. 그런데 B6 조판으로 맞춘 문서의 쪽수가 벌써 20쪽 이상을 넘어가고 있는 것이 아닌가.

'뭐지? 파일이 잘못됐나? 내가 얼마나 썼다는 거야?'

재건은 반신반의해서 문서정보를 눌렀다. 그러고는 곧바로 놀란 숨을 훅 들이켜고 말았다. 모골이 송연해지면서 전신의 털마저 거꾸로 서는 듯했다.

글자 : 10,798자.

'맙소사! 1시간 만에 1만 자 이상을 썼다고?!'

재건의 쓰는 속도가 느린 편은 결코 아니었다. 다른 작가들과 견주어 봐도 평균 이상이라고 할 수 있었다.

그러나 아무리 컨디션이 좋을 때라고 해도 시간당 3,500자가 일반적인 한계였다. 1만 자를 쓰려면 적어도 2시간 반 이상은 필요했다.

'이건 컨디션이 좋아서 될 문제가 아닌데?!'

기존의 책을 필사하는 것이 아니다. 완전히 새로운 글을 창작하는 작업이다.

한데 시간당 1만 자의 속도라니. 이건 스스로 생각해도 인간의 영역을 벗어났다. 재건은 자신이 해놓고도 믿어지지 않는 결과물 앞에서 일대 혼란에 빠졌다.

'이 속도가 유지된다면 하루에 한 권을 써낼 수 있다는 거잖아.'

재건이 쓰고 있는 무협 소설 한 권의 분량은 14만 자 전후다. 시간당 1만 자의 속도를 유지할 수만 있다면 14시간 만에 소설 한 권을 뚝딱 완성시킬 수 있다는 계산이 나온다. 한 달을 투자해야 겨우 써낼 수 있는 소설 한 권을 단 하루 만에?

'어디 한번 해볼까.'

재건은 저린 손가락을 흔들어 풀고 마음을 다잡았다.

오늘 어디 하루 만에 소설 한 권을 완성시키는 신기록을 달성해 보리라.

"리카, 네가 증인이야. 내가 얼마나 빨리 써내는지 잘 지켜보고 있어."

"야옹, 야옹."

재건은 화면에 얼굴을 박다시피 하여 소설을 집필하기 시작했다. 리카는 슬쩍 자기 집에서 나와 재건이 보이는 침대 맡으로 자리를 옮겼다. 그런 채로 얌전히 재건의 글을 쓰는 모습을 지켜보았다.

BIG LIFE

"아, 피곤해."

저녁을 먹고 난 오후 6시 반.

오늘도 야근을 하게 된 정진은 슬리퍼를 신고 있었다.

던전 기획은 그야말로 해도 해도 끝이 보이지 않았다. 비공개 테스트 일정이 코앞이었다. 당일까지 계속될 야근은 숙명과도 같았다.

"이 과장님, 커피 한 잔 안 하실래요?"

정진이 지나치듯이 슬쩍 물었다. 이 과장은 이래저래 시끄러운 회사에서 그와 마음이 맞는 몇 없는 사람 중 하나였다.

"박 대리, 미안. 나 야근 시작하기 전에 이거나 마저 읽으려고. 가서 천천히 마시고 와."

이 과장이 고개를 숙인 채로 나직이 대꾸했다. 두 손에는 책 한 권이 잡혀 있었다.

정진은 한 걸음 가까이 다가서며 물었다.

"무슨 책인데 그렇게 재밌게 읽으세요?"

"내가 읽는 게 무협지지 뭐. 근데 이거 상당히 재밌네."

"무협지요?"

정진의 두 눈이 일순 빛을 발했다. 자연스레 가장 친한 친구의 직업이 떠올랐기 때문이다.

이 과장의 말이 이어지고 있었다.

"이 작가 전 작품은 뭐라고 해야 되지. 문장이나 구성이나 기본기는 있는데 내용이 너무 재미가 없는 거야. 쓸데없는 묘사만 많고. 그래서 두세 권 보다가 던졌거든. 근데 한동안 책도 안 내고 그러더니 공부를 많이 했나 봐. 손을 못 놓겠네."

정진이 호기심을 이기지 못하고 이 과장이 잡고 있는 책 표지를 살펴보았다. 곧바로 그는 두 눈을 한껏 부릅떴다. 책의 제목은 무림지존록. 작가명은 풍천유였다.

"어? 이, 이거?"

"뭐야, 박 대리도 읽어본 거야? 이 작가 알아?"

"아, 아니요. 그냥…… 네. 아니, 제가 예전에 읽었던 거랑 착각했나 봐요. 제목이 비슷해서요."

정진이 어물어물 대답을 넘겼다.

이 과장은 대수롭지 않다는 듯이 고개를 끄덕이며 다시 책을 펼쳤다.

"뭐, 무협지가 제목이 원래 다 엇비슷하고 그런 느낌이 있지."

"하하, 그렇죠. 하여간 이 과장님, 저 그럼 먼저 커피 마시고 올게요."

"어, 갔다 와."

정진은 도망치듯 사무실을 빠져나왔다.

엘리베이터 버튼을 누르자마자 그는 핸드폰을 꺼내 들고 재건에게 전화를 걸었다. 풍천유라는 필명을 쓰는 사람이라면 그가 알기로 단 한 명뿐이었다.

―여보세요.

재건은 금세 전화를 받았다.

혼자만 탑승한 엘리베이터 안에서 정진은 다그치듯 물었다.

"야, 너랑 필명 같은 작가가 또 있냐?"

―난데없이 뭐냐.

"말해봐, 새끼야. 풍천유라는 작가가 또 있어?"

—없을걸. 아니, 없어. 내가 알기로는.

"그럼 이번 신작 제목이 무림지존록 맞아?"

—이 새끼, 바빠서 요즘 내 책도 읽을 시간 없다더니.

"미안한 소리지만 정말로 바빠서 못 읽었다. 내가 전화를 한 건 우리 사무실 이 과장님이 니 책을 대박 열심히 읽고 있어서야."

—진짜?

되묻는 재건의 목소리가 기쁨으로 상기되어 있었다.

정진은 친구로서 더없는 뿌듯함을 느끼며 빠르게 말을 이어 나갔다.

"내가 너 기분 좋으라고 하는 말이 아니라, 이 과장 저 사람 장르 소설광이야. 엄청나게 읽어대고 그만큼 깐깐해. 웬만한 건 죄다 섭렵했으니까. 그런 사람이 니 글이 재밌대. 손을 못 놓겠다면서 내가 커피 마시자는 것도 거절했다고."

—기분 좋다. 진짜로.

"글은 어때? 판매량 괜찮은 거야?"

—놀라지 마라. 나 증쇄까지 했다. 1,000부.

"뭐?! 1,000부?!"

정진은 놀라서 허리를 확 젖혔다가 엘리베이터 벽면에 뒷머리를 부딪히고 신음했다.

"아우우……! 야, 진짜? 씨발, 요즘 같은 때에 1,000부를 증쇄해?! 진짜 이번 작품 대박 조짐 아니냐?! 너 고생 다 끝난 거 아니야? 이걸로 집 사고 차 사고 그러는 거 아니냐고?"

-설레발 좀 치지 마. 집 사려면 한두 푼 드냐.

"그래, 알았다. 괜히 김칫국 마셨다가 또 나중에 좀 그럴 수도 있겠지. 야, 내가 기분이 너무 좋아서 그래. 내가 자꾸만 말이 나온다. 야, 진짜 잘됐다. 재건아, 씨발. 진짜 기분 개같이 좋다, 내가."

-기다려라. 조만간 마감 치고 거하게 한 번 쏠 테니까.

"좆나게 벗겨 먹을 거니까 각오해라. 마감 잘 치고 바로 전화해."

-고맙다. 너도 고생해.

뚝!

전화가 끊어졌다.

한참 열심히 글을 쓰다가 전화를 받았던 재건은 웃으며 핸드폰을 내려놓고 있었다.

정진의 전화가 고마웠다. 해준 말도 격려가 되었고 잠시 글쓰기를 멈추고 휴식할 계기도 됐다.

'재미있다는 사람들이 진짜 있구나.'

아직은 긴가민가한 기분이 드는 재건이었다.

재건은 오래전에 인터넷으로 자신의 책을 검색하는 습관을

버린 상태였다. 언제나 악평들만 쏟아져 나왔기 때문이다.

이런 것도 책이라고 나왔냐는 둥, 나무에게 미안하지도 않느냐는 둥 온갖 악평을 보면 울적해져서 글을 쓰기가 더욱 힘들어지곤 했다. 차라리 안 보는 편이 나았다.

'참자.'

이번에 낸 무림지존록은 솔직히 반응이 어떤지 검색해 보고 싶었지만 재건은 충동을 꾹 억눌렀다. 확인하더라도 완결을 낸 뒤에 마음 편하게 하리라고 다짐하면서.

드르륵!

핸드폰이 울리며 또 전화가 왔다.

전화부에 등록되지 않은 낯선 번호였다. 광고 전화가 아닐까 싶으면서도 재건은 일단 전화를 받았다.

"여보세요."

―안녕하세요. 하재건 작가님이시죠?

"……누구시죠?"

―아이구야, 저 모르시겠어요? 해태미디어 마종구 실장입니다. 하하하, 잘 지내셨는지 모르겠습니다.

핸드폰을 잡은 재건의 손이 바르르 떨렸다. 입술은 자기도 모르는 사이에 피가 나도록 악물고 있었다. 어쩔 수 없는 반응이었다.

해태미디어.

5년 전 재건의 데뷔작을 출간했던 출판사였다.

과거 재건에게 너무도 큰 상처와 아픔을 준 회사이기도 했다. 잊고 싶은 기억일 뿐이었다. 핸드폰 번호를 삭제한 것도 그러한 이유였다.

상대의 넉살 좋은 음성은 계속되고 있었다.

–몇 년이나 안부도 여쭤보지 못했네요. 그건 참 여러 일이 있어서 말이죠. 요즘 출판시장도 어렵고 그러다 보니 제가 실장 이상의 이런저런 일들을 하기도 했고 또…….

"무슨 일이십니까?"

재건이 상대의 말을 자르고 물었다.

"원고를 쓰는 중이라 바쁩니다. 하실 말씀 있으시면 얼른 하시죠."

–아아, 네. 무림지존록 쓰시고 계시는 거죠? 안 그래도 잘 읽어보고 있습니다.

상대는 바로 재건의 신작 제목을 언급했다.

재건의 입에서 실없는 헛웃음이 새어 나왔다. 정진의 호들갑이 괜한 것은 아니라는 생각이 들었다. 무림지존록이 뜨긴 뜬 모양이었다. 수년 동안 문자 한 번 없다가 이렇게 금세 하이에나처럼 냄새를 맡고 전화를 걸어오다니.

–정말 너무 재미있어요. 스토리도 시원시원하고 거침이 없네요. 대박입니다, 대박. 제가 하 작가님 이렇게 크게 터뜨

리실 거라고 항시 장담하고 있었습니다. 하하하.

'이런 씨발 새끼가' 하는 표정이 찰나의 순간 재건의 낯 위로 스쳐 갔다.

성적이 나쁠 땐 작가 취급도 해주지 않고 온갖 수치와 모욕만 안겨줬던 사람이다. 그랬던 사람이 이제 와서는 나오는 대로 아첨을 늘어놓고 있는 것이다.

—아까 말씀드렸듯이 조만간 인사라도 드리고 싶습니다. 아직도 수원에 살고 계십니까? 제가 한번 찾아가서 뵙고 식사 대접이라도…….

"아니요, 됐습니다."

재건은 일언지하로 상대의 제안을 거절했다. 속셈이 뻔히 보였다. 비싼 밥을 사주면서 은근슬쩍 계약서를 꺼내 내밀 것이다. 해태미디어와 계약하고픈 마음이 그에게는 단 1퍼센트도 없었다.

"밥은 알아서 거르지 않고 잘 먹는 중입니다. 더 하실 말씀이 없는 것 같으니 이만 끊겠습니다."

—하 작가님? 잠시만요. 아니, 하 작가님. 제발 끊지 마시고 제 말을 조금만 더 들……!

뚝!

재건은 다급하게 이어지는 상대의 말을 무시하고 전화를 끊었다.

불과 10초 후 다시 전화가 걸려왔다. 재건은 아예 그의 번호를 차단해 버렸다. 온 세상이 완벽하게 고요해졌다.

"후우……."

저절로 입에서 한숨이 나왔다.

재건은 머리를 뒤로 젖힌 채 멀거니 천장을 올려다보았다. 리카가 다가와 재건의 무릎 위로 폴짝 뛰어올랐다.

"사람이란 건 상황에 따라서 참 쉽게 변하는 거 같아."

리카의 목덜미를 어루만지며 재건은 중얼거렸다. 해태미디어 실장의 장삿속이 역겨워서 속이 다 메스껍기까지 했다.

해태미디어에서 출간되었던 데뷔작의 성적은 좋은 편이 아니었다. 그렇다고 망해서 바닥을 친 것 또한 아니었다. 그럭저럭 무난하게는 팔렸다.

재건은 안심하고 자신이 계획한 7권까지 쓰려고 했었다. 하지만 그 소박한 꿈은 3권을 쓰는 와중에 무산됐다. 실장으로부터 일방적인 통보가 날아들었던 수년 전의 우울한 저녁을 재건은 아직도 똑똑히 기억하고 있었다.

"하 작가, 성적이 나쁘니 4권으로 끝냅시다."

작가에게는 사형선고와 다를 바가 없는 공포의 판결.

이른바 조기 종결 권고였다.

종이책은 전자책과 달리 제작비가 든다. 그래서 인기가 없는 책은 최대한 빨리 완결을 짓게 만들어버린다. 용두사미의 마무리가 되건 말건 출판사 측에선 신경을 쓰지 않는다. 어차피 '망해서 내버린 작품'이기 때문이다.

당시 재건은 자존심마저 잊고 실장에게 매달렸다.

적어도 5권까지는 써야 내용이 정리될 수 있다고. 제발 5권까지만이라도 쓰게 해달라고.

하지만 실장의 반응은 냉랭하기만 했다.

"시장 분위기 아시면서 자꾸 왜 그러세요? 우리 출판사도 작아요. 당장 나가는 작품들을 밀어야 먹고살지, 하 작가님 작품 5권까지 밀어주면 내달 직원들 월급도 충당 안 돼요. 아쉬운 마음은 알겠는데 다음 기회에 또 해봅시다. 미팅이 있어서 끊겠습니다."

당시의 통화 내용이 귓가에 되살아나는 듯했다.

리카를 쓰다듬던 재건의 손에 무심코 힘이 들어갔다. 리카는 재건의 가슴에 얼굴을 대고 느릿느릿 문질렀다. 시간이 흐르면서 재건은 흥분이 차츰 가라앉았다.

"고마워, 리카. 이제 괜찮아졌어. 아무렇지도 않아."

"야옹."

"난 이제 정말 좋은 편집장을 만났어. 팔리는 책도 쓰기 시작했고. 거지같은 과거는 종결이다. 아쉬운 사람은 더 이상 내가 아냐."

기운을 차린 재건은 컴퓨터 앞으로 가 앉았다.

시계를 보니 6시 반이 넘었다. 정오 조금 넘어서 작업을 시작했으니 6시간을 내리 쓴 셈이다.

"와, 리카. 나 6시간 동안 반 권을 썼어."

문서정보를 클릭해 보니 총 분량이 6만 5,000자를 넘어가고 있었다. 이 기세로 7~8시간만 더 쓰면 충분히 한 권을 완성시킬 수 있을 것 같았다.

"목도 아프고 좀 힘들다. 휴식할 겸 커피 한 잔 마시고 해야지."

재건은 뻐근해진 허리를 꾹꾹 누르며 일어섰다. 6시간이 넘도록 시간당 1만 자를 써댄 양손도 몹시 저렸다. 그는 싱크대로 가서 스틱형 인스턴트커피를 하나 뜯고 커피포트의 전원을 눌렀다.

"아씨, 설거지를 안 해놔서."

귀찮은 기색으로 설거지를 하려던 재건의 눈에 회색 머그컵이 하나 밟혔다. 서건우의 유품 중 하나였다. 일단 컵이라서 씻어두긴 했는데 여태까지 사용한 적은 없었다.

"이제 보니 컵이 의외로 커서 좋네. 오케이, 하나 더."

재건은 머그컵에 커피를 두 봉 뜯어 넣고 뜨거운 물을 가득 부었다. 은은한 커피향이 피어올랐다. 평소보다도 한결 강렬한 향기가 콧속으로 스며들었다.

"흐음, 맛있다. 별다방 커피 부럽지 않네."

재건은 휴식할 겸 인터넷뉴스를 보면서 뜨거운 커피를 천천히 마셨다.

그저 인스턴트커피임에도 불구하고 오늘따라 맛이 유난히 좋게 느껴졌다. 그는 정말로 맛있게 머그컵에 담긴 커피를 전부 마셨다.

"어어?"

머그컵을 내려놓고 난 재건은 자신의 몸을 이리저리 내려다보며 고개를 갸웃거렸다.

전신에서 기운이 솟구치고 있었다. 조금 전까지만 해도 온몸이 물에 젖은 솜처럼 무겁고 삭신이 쑤셨는데 숙면을 취하고 난 것처럼 개운하기 그지없는 것이 아닌가.

"뭐지, 카페인을 간만에 마셔서 효과가 있는 건가?"

재건은 고개를 갸웃거리며 머그컵을 싱크대의 개수대로 가져다 놓았다. 회색 머그컵의 바닥면이 새하얗게 물들어 있는 것을 그는 보지 못했다.

"후우, 뭐 컨디션은 최고고. 이대로 새벽 2시 전에 끝내자."

재건은 키보드를 두드리기 시작했다.

문장이 광속으로 화면을 채워갔다. 서건우의 머그컵으로 마신 한 잔의 커피는 엄청난 활력이 되어주고 있었다.

"편집장님, 바쁘세요?"

스타북스 출판사의 사무실.

출장을 나갔다가 돌아온 편집장 권태원은 곧장 작가별 원고 일정을 확인하고 있었다. 그런 그에게 편집부의 정소미 사원이 찾아온 것이다.

"아, 소미 씨. 괜찮아요. 말씀하세요."

태원이 모니터에 꽂혀 있던 시선을 소미에게 옮기며 대답했다. 그는 제아무리 말단 사원이라도 하대를 하는 법이 없었다. 이제 고작 6개월이 갓 지난 신입 사원 소미는 머쓱하게 웃으며 말을 이었다.

"저기 그, 무림지존록 하재건 작가님 일인데요."

"네, 하 작가님이 왜요?"

"원고를 10권 완결권까지 다 보내주셨는데요. 이거 어떻게 해야 하나 해서요."

"뭐라고요?!"

태원이 자기도 모르게 의자에서 벌떡 일어섰다.

"10권까지 원고를 보냈다고요? 정말로?"

"네, 다 확인했습니다. 4권부터 10권까지 총 7권 분량 원고 분할해서 다 보내주셨어요.”

“믿을 수가 없네. 이게 무슨 일이야? 3권 원고 넘긴 지 얼마나 됐다고 10권까지 다 보내? 어떻게 된 거지?”

태원이 고개를 설레설레 내저으며 도로 의자에 앉았다.

3권 원고를 받은 지 이제 겨우 열흘이 지난 시점이었다.

태원이 아는 재건은 빨리 써도 한 권에 한 달은 소비하는 작가였다. 그런 재건이기에 일전에 3권 원고를 보름 만에 써서 넘겼을 때도 몹시 놀랐었다.

그런데 이번엔 총 7권을 10일 만에 보내다니. 이건 아무리 생각해도 미리 써서 비축해 둔 원고라고 생각할 수밖에 없었다.

“소미 씨는 원고 좀 읽어봤어요?”

“네, 다는 아니고 지금 8권까지는 속독으로 읽었습니다.”

“많이 읽으셨네. 감상은 어때요?”

소미가 두 손을 가슴 앞으로 모으고는 작게나마 확신에 찬 어조로 대답했다.

“저는 좋았습니다. 진행은 거침없고 반전도 호쾌해요. 설정은 더 자세히 봐야겠지만 일단 보이는 구멍은 없었습니다.”

“그래요? 정말 하 작가님 올해 들어 어떻게 되신 거 아닌가 모르겠네.”

“포텐 터지시는 해인가 봐요.”

"그러게요. 아무튼 알았어요. 내가 확인하고 다시 얘기해 줄 테니까 일단 두세요."

"네, 수고하세요."

소미가 자신의 자리로 돌아갔다.

홀로 남은 태원은 책상에 턱을 괴고서 생각에 잠겼다.

재건이 쓴 무림지존록은 계속해서 좋은 반응이 들려오고 있었다. 조만간 4권이 출간되면 추가적으로 1,000부 가량을 더 증쇄할 계획이었다. 이제부터는 권당 4,000부가 나가게 되는 것이다.

기본적으로 한 권이 출간되고 나서 다음 권까지는 1개월 정도의 간격을 둔다.

작가를 배려하는 측면도 있지만 한 작품이 시장에 풀린 후 독자들에게 적응하는 기간 또한 필요하기 때문이다.

하지만 그것도 종이책 위주로 장르 소설 시장이 돌던 때의 이야기.

이제는 전자책 시장이 대폭 확대된 판국이다. 어차피 완결권까지 전부 썼다면 한꺼번에 출간한 다음 바로 전자책 서비스를 개시해도 좋지 않을까? 그게 더 큰 흥행으로 연결되는 지름길일 수도 있으니까.

'당사자는 무슨 생각을 하고 있을까.'

태원은 핸드폰을 꺼내 들었다. 그리고 전화부에 기록된 수

많은 이름 중 하재건을 찾아 통화 아이콘을 눌렀다. 잠깐의 신호음 끝에 재건이 전화를 받았다.

—네, 편집장님.

“하 작가님, 이거 다 미리 써두신 거 맞죠? 어떻게 10권까지 원고를 열흘 만에 보내셨어요?”

—하하, 내용은 어떠세요? 괜찮아야 할 텐데요.

“편집부 담당 직원이 재미있다고 하던데요. 저는 아직 못 읽어봤지만 내용 좋겠죠. 아, 그리고 하 작가님.”

태원이 잠시 말을 멈추고 오후 일정을 확인했다.

무림지존록 원고를 완결권까지 받았으니 이제 다음 작품을 계약할 차례였다.

재건이 혹시라도 다른 출판사와 계약을 하게 되면 큰일이다. 이제 재건은 편집장인 그의 입장에서 더더욱 놓칠 수 없는 작가가 되어버렸다.

“오늘 저녁 괜찮으세요? 그간 뵙자고 말씀만 여러 번 드리고 꽤 오래 못 뵈었네요.”

4장

나는 관대하다

—오늘이요?

"네, 오늘 선약이라도 있으신 거예요?"

—으음…….

재건의 대답은 즉각 돌아오지 않았다.

침묵의 수화기 저편에서부터 영문 모를 소음만 연달아 울리고 있었다.

태원은 어쩐지 조마조마한 심정이 되었다.

오랜 기간 편집자 생활을 해온 그에겐 나름의 '촉'이라는 게 있었다. 지금 이 순간 그것이 느껴지려 하고 있었다. 어쩌면 하재건이라는 작가는 이미…….

—죄송해요.

잠시 멈췄던 재건의 음성이 전파를 타고 다시금 들려왔다.

–화면 터치를 귀로 잘못 눌렀나 봐요. 오늘 보자고 하신 거죠?

"네, 작가님. 괜찮으세요?"

–그럼요. 괜찮습니다. 원고도 다 썼고 자유로워요. 어디서 뵐까요? 항상 뵙던 구로?

"제가 하 작가님 댁 근처로 갈게요."

–아니요, 이 동네는 먹을 데도 없어요. 멀지 않으니까 구로역에서 뵙죠. 한 7시까지 나가면 될까요?

"네, 작가님. 그 시간 좋겠네요. 아, 그리고……."

태원이 말끝을 흐리며 편집부실 쪽으로 눈길을 던졌다.

소미가 모니터 화면에 얼굴을 들이민 채 열심히 키보드를 두드리고 있었다. 벌써부터 재건의 무림지존록 교정 교열을 개시한 모양이었다.

언제나 시키지 않아도 알아서 맡은 일 이상을 한다. 먼저 처리해야 하는 일의 우선순위를 제대로 파악하고 있어서 업무가 가중된 상황에서도 좀처럼 주눅이 드는 법이 없다.

소미의 기특한 모습을 두 눈에 담은 채 태원은 핸드폰에 대고 말을 이었다.

"저기, 괜찮으시다면 하 작가님 작품 담당 편집자 동석해도 될까요?"

담당한 작가와의 만남은 편집자에게도 여러모로 도움이 된다. 재건과 같은 대박 조짐이 보이는 작가와는 더더욱. 태원은 소미에게 가능한 한 편집자로서 경험을 쌓을 수 있는 여러 기회를 주고 싶었다.

재건은 뜸도 들이지 않고 흔쾌히 수락했다.

–저야 좋죠. 이 기회에 얼굴도 뵙고 인사도 나누고요.

"알겠습니다, 작가님. 그럼 이따 7시에 봬요."

–네, 수고하세요.

전화를 끊고 난 태원은 한껏 기지개를 켰다.

재건과 통화하고 나니 어쩐지 기분이 산뜻해졌다. 자신의 촉이 갈수록 무뎌지고 있다는 걸 실감했다. 그래서 오히려 즐거웠다. 재건은 아직까지 변하지 않았다. 예전 그대로 성실하고 좋은 작가였다.

"어? 대표님."

태원이 자리에서 황망히 일어섰다. 머리가 반백인 60대의 남자가 뒷짐을 지고서 어슬렁어슬렁 들어오고 있었다. 스타북스 출판사의 대표 박재국이었다.

"어어, 일어나지 마. 그냥 앉아 있어."

재국이 태원의 어깨를 눌러 도로 앉혔다. 그리고 옆으로 간이의자를 끌어다 앉으며 지나가듯이 물었다.

"요즘 뭐 잘나가는 거 있나?"

"전에 말씀드렸던 무림지존록 빼고는 다 비슷하죠."

"씨부럴, 시장이 개판이야."

재국이 뒷목을 벅벅 긁으며 툴툴거렸다. 태원의 모니터 옆에 붙은 작가별 원고 일정을 훑으며 그는 질문을 이었다.

"무림지존록 그건 계속 좀 나가?"

"초판부터 반응 좋잖아요. 4권부터 추가 증쇄 들어가고요. 반응 좋으면 또 들어갈지도 모르겠어요."

"으음, 그래. 그거 작가가 글 좀 빨리 써줬으면 좋겠는데. 종이책으로 완결을 찍어야 전자책을 내서 꿀을 빨지. 요즘은 우리 아들도 종이책 안 봐. 허구한 날 핸드폰으로 보지."

"아무래도 시대가 달라지긴 했죠."

"아니, 편집장. 아예 지금 한 권씩 늦춰서 전자책 서비스를 개시하지 그래?"

"안 그래도 대표님한테 말씀드릴 게 좀 있었는데요. 무림지존록 원고를 완결권까지 다 받았어요."

"뭐? 언제?"

"어제 다 보냈다더라고요. 소미 씨가 간단히 확인했는데 원고에 문제는 없는 것 같고요."

"벌써 10권까지 다 보냈어? 잠깐만, 근데 10권으로 완결을 하겠대? 이거 반응 좋다며? 20권 이상까지 충분히 끌고 갈 수 있는 작품 아닌가?"

잘 팔리는 작품이라면 어떻게든 길게 끌어가고 싶은 것이 출판사의 바람이다. 태원은 고개를 끄덕이며 대답했다.

"오늘 저녁에 만나기로 했습니다. 차기작 계약 얘기도 꺼내보고 무림지존록 좀 더 늘려서 쓸 의향이 없는지도 알아보고 그러려고요."

"아아, 그래. 잘했어."

재국이 태원의 어깨를 다독이며 일어섰다.

"비싼 거 먹여. 30만 원이고 40만 원이고 상관없으니까 긁어. 특사시미라도 먹이라고. 편집장도 많이 먹고. 그리고 잘 구슬려 봐. 단단히 묶어둬야 해."

"하하, 네."

"그 작가 어떻게든 붙들게. 요즘 같은 때에 증쇄 작가라니. 고마운 일이지. 돈줄은 절대로 놓치면 안 돼. 흐음."

재국이 뒷짐을 지고서 들어올 때와 똑같은 걸음걸이로 사무실을 나섰다.

태원은 웃음기가 지워진 착잡한 표정으로 재국의 뒷모습을 바라보았다. 스타북스에 입사한 지도 어느덧 9년째. 대표도 늙었다. 입사할 땐 총각이었던 자신도 어느새 두 아이의 아버지가 되었다. 그리고 모든 것이 많이 변했다.

"소미 씨, 오늘 저랑 외근 나갈 거니까 6시 반까지 업무 마치세요."

"네, 편집장님."

소미의 활기찬 대답이 파티션을 넘어 되돌아왔다.

태원은 회사 공용메일함을 열고 무림지존록 원고를 읽기 시작했다. 일로써 글을 대하는 편집장의 위치임에도 불구하고 그는 독자가 되어 소설에 빠져들기 시작했다.

'슬슬 나가볼까.'

6시가 되어 재건은 외출할 준비를 시작했다.

드르륵!

신발을 신는 와중에 주머니에서 핸드폰이 울렸다. 번호를 확인한 재건의 얼굴이 즉석에서 굳어들었다.

[해태미디어 박경수 대리]

'뭐지?'

재건은 잠시 전화를 받지 못하고 생각에 잠겼다.

마종구 실장의 번호는 삭제했으면서 박경수의 번호를 남겨둔 이유는 있었다.

비록 회사에서 힘은 없었지만 최대한 재건의 편의를 봐주려 노력했던 사람이기 때문이었다.

'경수 씨를 이용해서라도 내게 계약을 따보겠다는 건가?

그렇다면 완전 경기도 오산인데.'

재건의 입에서 비릿한 웃음이 새어 나왔다. 공은 공이고 사는 사. 경수가 좋은 사람인 건 별개의 문제다.

어쨌든 재건은 일단 전화를 받았다.

"박 대리님?"

–아, 제 번호 가지고 계셨구나. 안녕하세요, 안녕하세요. 하재건 작가님, 별고 없으셨어요?

여전히 넘어질 듯 위태롭고 다급한 목소리.

재건은 과거에도 느꼈던 안쓰러움을 새삼 느끼며 대답했다.

"별일은 없었습니다. 대리님도 잘 지내셨죠?"

–네, 저도 잘 지냈습니다. 하하하, 네. 잘 지냈어요.

재건의 눈은 벽시계의 시침을 좇고 있었다. 지금 나가지 않으면 늦으니 걸어가면서 통화할 수밖에 없었다.

"마 실장님이 계약 따내보라고 하셨나요?"

현관문을 닫고 복도를 가로지르며 재건이 물었다.

돌려 말하고 싶지 않았다. 경수는 마음이 유약한 사람이라 말 한마디를 하는 데에도 엄청 공을 들이는 타입이다. 후다닥 본론으로 치고 들어가는 편이 나았다.

–아아, 그게…… 하 작가님 안부도 여쭙고 그런 목적으로…….

"대리님께는 죄송하지만 해태미디어랑 계약할 마음이 전혀 없습니다. 아니, 이건 일 문제니까 대리님께 죄송할 일도 아니네요. 아시죠? 대리님한테는 나쁜 감정 없습니다."

재건의 확고한 태도에 경수는 목소리가 다급해졌다.

–저기, 하 작가님. 실장님께서 가능한 한 어떤 조건이라도 들어드리겠다고 하셨습니다. 최대한 좋은 조건으로 모시고 싶다고 하셨어요. 정말입니다. 일단 말씀이라도 한 번 나눠주실 수 없을까요?

"대리님, 제가 드린 말씀을 잘 이해 못하신 것 같……."

재건의 말이 중도에 끊겼다.

열 걸음쯤 떨어진 앞에 경차가 세워져 있었다. 그 곁에 경수가 구부정한 자세로 핸드폰을 붙들고 서 있는 것이 아닌가.

"아…… 하 작가님."

재건을 발견한 경수가 핸드폰을 내리며 어색한 웃음을 빼물고 있었다. 당연히 재건은 웃음이 나오지 않았다. 수원을 떠나 이곳에 정착한 사실을 아는 건 스타북스 직원들뿐이다. 개인정보가 유출되기라도 했다는 건가.

경수가 부라부랴 달려왔다.

재건은 그가 코앞에 다다를 때까지 우두커니 서 있었다. 그의 갑작스런 방문이 곤혹스럽고 불쾌한 것은 사실이었다.

"안녕…… 하세요."

"어떻게 아셨습니까?"

"네? 아……."

경수는 재건의 표정에 드러난 불편한 심기를 읽고 잠시 망설였다. 하지만 에둘러 말해서 될 것이 아님을 알기에 이내 순순히 사실을 토로했다.

"실장님이 알려주셨습니다. 이리로 가 보라고……. 정확한 위치를 찾고 있는 중이었는데 마침 하 작가님께서 이렇게 나오셨네요……."

재건은 입을 다물고 말이 없었다. 어떻게 알아냈는지 물어볼 필요성은 느껴지지 않았다.

이 바닥은 좁다. 여기서 일했던 사람이 저기서 일하고, 저기서 일했던 사람이 거기서 일한다. 그리고 여기, 저기, 거기 다들 아는 사이가 된다. 아마 마 실장은 스타북스에도 인맥이 있었을 것이다.

해태미디어는 재건이 불쾌해할 것을 알면서도 주소를 알아내서 찾아오는 강수를 뒀다. 재건은 그에 걸맞은 답변을 차분하게 머릿속에 정리하고 있었다.

"하 작가님, 식사 전이시면 저랑 같이 나가셔서……."

"선약이 있어요."

"아아, 네. 그럼 이렇게 서서 말씀하시는 것도 그러니 근방의 카페라도 가서……."

"아니요, 여기서 바로 간단히 말씀드리겠습니다. 제가 원하는 계약 조건입니다."

"계, 계약 조건이요?"

경수의 얼굴에 두려운 기색이 어렸다.

이토록 확고하고 자신만만한 태도의 재건을 보는 건 처음이었다. 과거의 재건은 이러지 못했다. 각각 작가와 편집자로 영역은 달랐지만 자신과 동질감이 느껴질 만큼 무기력한 남자였다.

재건이 손을 들어 손가락을 하나씩 접으며 말을 이었다.

"인세 11%, 판매량 3,000부부터 추가 1%, 4,000부부터 추가 1%, 5,000부부터 추가 1%, 출판 계약 기간은 2년, 전자책 정산 비율 7 대 3. 물론 7이 접니다. 마 실장에게 전해 주세요."

"하, 하 작가님?! 이, 이건 좀……!"

경수는 얼굴이 창백하게 질려서 말을 잇지 못했다. 무리도 아니었다. 지금 재건이 제시한 조건은 기라성 같은 A급 무협작가들이나 거론할 수 있는 수준이었다.

"제대로 들으셨으리라 믿고 바빠서 먼저 가 보겠습니다."

"자, 작가님. 잠시만요. 작가님."

"쫓아오지 마세요!"

재건이 성난 얼굴로 돌아보자 경수는 쫓아오다 말고 그 자리에 얼어붙듯 섰다.

"쫓아오지도 마시고 제 동의 없이 집으로 찾아오지도 마세요. 그땐 아예 계약도 없습니다. 그리고 답은 오늘 내로 문자로 주세요."

재건은 못을 박듯이 말한 다음 매몰차게 돌아섰다. 경수는 놀란 숨으로 작은 몸을 들썩이며 멀어지는 재건의 뒷모습을 바라볼 수밖에 없었다.

'……미안합니다, 경수 씨.'

재건이라고 속이 편한 것은 아니었다. 하지만 어쩔 수 없는 일이었다. 경수가 해태미디어의 직원인 이상 달리 잘 대해줄 도리가 없기에 차라리 이렇게 잘라 버리는 길을 택했다.

재건이 완전히 모퉁이로 사라져 보이지 않게 될 즈음.

경수는 뒤늦게 정신을 차리고 핸드폰을 꺼내 상사에게 전화를 걸었다. 신호음이 채 울리기도 전에 상대는 전화를 받았다.

-뭐야? 벌써 얘기 끝났어?

"그게요, 실장님. 자기가 원하는 조건대로 해주면 계약을 하시겠대요."

-원하는 조건? 어떻게 되는데?

경수는 재건이 제시한 조건을 하나하나 열거했다. 수화기 저편에서 상대의 숨소리가 거칠어졌다.

-이런 미친, 데뷔하고 처음으로 꼴랑 1,000부 증쇄한 주

제에 뭐?! 제까짓 게 무슨 좌박이나 용대원쯤 되는 무협 작가의 반열에 올랐다고 생각하는 거야? 주변 여기저기서 인기 좀 끈다고 빨아주니까 정신이 나간 거 아니야?!

경수는 핸드폰을 귀에서 떨어뜨리고 얼굴을 찌푸렸다. 고성이 잠잠해지길 기다렸다가 그는 넌지시 말했다.

“이제 어떻게 할까요, 실장님.”

–뭘 어떻게 해?

“하 작가님이 오늘 내로 답변을 달라고 하셨는데요. 이대로 계약할까요?”

–박 대리, 돌았나? 헛소리 지껄이지 말고 내 남편은 늑대인간 작가나 만나러 가. 하재건 그 자식은 버려.

뚝!

말이 끝나기가 무섭게 전화가 끊겼다.

경수는 멀거니 땅바닥을 내려다보며 한숨을 내쉬었다. 새삼 회의감이 물밀 듯이 밀려왔다. 이것이 과연 학생 시절부터 자신이 꿈꿨던 편집자의 길이 맞나 하고.

“정말 이걸로 괜찮으시겠어요? 대표님이 하 작가님 비싼 거 사드리라고 신신당부를 하셨는데.”

“고기 먹고 싶었어요. 멀리 가는 것도 싫고 전 여기가 좋습니다.”

스타북스 편집장 태원과 재건은 자주 만났던 고기집의 한 구석에 마주 보고 앉았다. 여직원이 주문을 받으러 전표를 들고 다가왔다.

"어떤 걸로 준비해 드릴까요?"

"한우 꽃등심으로 우선 3인분 주세요."

태원은 뜸도 들이지 않고 1인분에 3만 원 가까이 하는 가장 비싼 메뉴를 선택했다. 재건은 내심 놀랐지만 출판사의 작가 접대는 언제나 회사 법인카드로 결제되는 것을 알고 있기에 잠자코 있었다.

"우선 식사 전에 드릴 말씀이 있어요."

태원이 히죽 웃으며 말문을 열었다.

"무림지존록 1,000부 더 증쇄하게 됐어요."

"그럼…… 권당 4,000부가 나가는 거예요?"

"그렇죠. 대충 250만 원 정도 생각하시면 될 거예요. 이제 매달 250씩은 꼬박꼬박 들어가는 거예요. 물론 종이책만으로요."

재건의 입가에 미소가 어렸다. 태원 앞에서는 솔직한 심정을 숨길 필요가 없었다.

이제 다른 평범한 직장인들처럼 고정적이고 든든한 수입원이 마련되었다. 더는 가스비 때문에 붕어처럼 팔딱팔딱 뛰면서 찬물로 샤워할 일은 없을 것이다. 인생이라는 건 이토록 순식간에 변한다.

“이대로 반응이 좋으면 5,000부까지 증쇄가 가능할지도 모르겠어요.”

“그랬으면 좋겠네요.”

“그래서 말인데요, 하 작가님. 좀 더 늘려서 쓰실 의향은 없으세요?”

재건이 컵을 집다 말고 태원과 시선을 맞췄다.

“무림지존록을 더 늘려서 쓰라고요?”

“네, 10권까지 다 봤는데 8권부터 천마와 싸움이 시작되잖아요? 8권부터 10권 사이의 내용만 늘려도 15권 정도까지는 충분히 갈 수 있을 거 같더라고요. 그 이상은 작품 망가져서 무리일 것 같고요.”

본디 태원은 출판사의 이득만을 따지는 편집자가 아니었다.

작품이 망가지지 않는 선에서 최대한의 이윤을 도모한다. 그의 이러한 성향은 작가들로부터 많은 호감을 얻고 있었다. 재건도 마찬가지였다.

“어떠세요? 15권까지만 가면 정말, 이대로 상승세가 계속되면 5,000부 넘어서 6,000부까지 찍을 수 있을지도 몰라요. 그만큼 하 작가님 인세도 대폭 늘어날 거고요.”

“하지만 이미 깔끔하게 완결을 냈다고 생각해서…….”

재건은 말끝을 흐리며 고개를 옆으로 젓혔다.

한 젊은 여자가 출입문을 통과해 식당으로 들어서는 중이었다.

160㎝ 전후의 작은 키에 아담한 체구, 커다란 두 눈에 동글동글한 얼굴이 강아지처럼 귀여운 인상이었다. 재건은 일순 식당 전체가 환해지는 것을 느낄 수 있었다.

"소미 씨, 여기!"

태원이 손을 번쩍 들며 소리쳐 불렀다.

재건이 본 귀여운 여자는 환히 웃더니 신발장에 신발을 넣고 잰걸음으로 다가왔다. 그리고 재건의 앞에 서서는 다른 손님들이 보건 말건 허리를 90도로 굽히며 인사했다.

"안녕하세요, 하재건 작가님. 스타북스 편집부 정소미 사원입니다. 주차하고 오느라 조금 늦었습니다."

인상과 꼭 들어맞는 쾌활하고도 해맑은 목소리였다.

재건은 반바지 아래 소미가 신은 하얀 양말로 시선을 꽂은 채 어정쩡한 자세로 고개를 숙여 답했다. 양말의 발목에 새겨진 자수 고양이가 자신이 키우는 리카와 꼭 닮아 보였다. 느낌이 좋았다.

"아마 통화하면서 지나가듯이 언급을 드렸었을 거예요. 하 작가님 작품 전담으로 편집하고 있어요. 앉아요, 소미 씨."

소미가 태원의 옆에 자리를 잡고 앉았다. 그녀의 컵을 당겨 물을 따르며 재건이 말했다.

"부족한 글 봐주시느라 고생이 많으시겠어요."

"무슨 말씀이세요. 글이 너무 재미있어서 일이 일 같지가 않아요."

"없는 말씀이라도 감사한데요."

소미가 억울하다는 듯 이맛살을 가볍게 찌푸렸다.

"진심이에요, 작가님. 솔직히 제가 무협 장르하고는 아직 많이 친하지 못한데도 작가님 글은 참 잘 읽혔어요."

재건은 쑥스러운 웃음으로 고개를 주억거렸다.

사실 작가를 향한 편집자들의 칭찬은 흔하다.

칭찬이라기보다는 힘겨워하는 작가를 고무시키기 위한 격려에 가깝다.

과거 판매량이 좋지 못했던 시절의 재건은 좋은 말을 들어도 한 귀로 흘리곤 했다. 하지만 무림지존록을 성공적으로 시장에 안착시킨 지금은 사뭇 느낌이 달랐다. 소미라는 편집자의 칭찬이 진심으로 가슴에 와 닿고 있었다.

각자의 술잔에 술이 가득 차올랐다.

소미의 손길에 고기가 노릇노릇 익어갔다.

한동안 일상적인 소소한 대화가 테이블 위를 오갔다. 그런 끝에 두 병째의 소주 뚜껑을 열 즈음, 태원이 넌지시 운을 뗐다.

"하 작가님, 아까 말씀드렸던 무림지존록 말인데요."

재건이 입에 든 고기를 우물우물 씹으며 고개를 끄덕였다.

불판에 내리꽂힌 두 눈은 깊은 생각에 잠겨 있었다. 태원은 딱히 채근하거나 덧붙이지 않고 가만히 기다려 주었다.

"죄송하지만 늘려서 쓰지는 못하겠습니다."

"그런가요……."

"10권으로 깔끔하게 완결됐다고 생각해요. 물론 늘려서 쓰면 말씀하셨듯이 제 수익도 늘고 좋겠지만 독자 입장의 작품으로 길게 보면 역시 그건 좀 어려울 것 같습니다."

태원의 낯에 어쩔 수 없는 실망감이 어렸다.

이러한 자리에 관해 경험이 부족한 소미는 입을 꾹 다물고 있었다. 다만, 두 귀를 쫑긋 세우고 분위기를 파악하려 애쓰는 중이었다.

"하 작가님이 그렇게 결정하셨다면 어쩔 수 없는 일이지요. 알겠습니다. 사실 이대로도 충분히 흥하고 있고요."

"그 대신……."

재건이 술병을 들며 말문을 열었다.

태원은 무슨 말을 하려나 싶어 눈을 동그랗게 뜨고 두 손으로 잔을 내밀었다. 거기에 소주를 가득 따라 주며 재건은 말을 이었다.

"바로 다음 작품 계약하겠습니다."

"차기작 계약이요?"

재건은 생글생글 웃으며 장난스런 어조로 되물었다.

"왜 그렇게 놀란 표정이세요? 저는 오늘 편집장님이 차기작 계약하자고 먼저 말씀해 주실 줄 알았는데."

"아, 아니요. 당연히 그래주시면 너무 좋죠. 그런데 무림지존록 때문에 피곤하시기도 할 테고 잠시 휴식하실 시간도……."

재건이 고개를 가로저으며 말을 잘랐다.

"괜찮습니다. 탄력받았을 때 끌어가야죠. 내일까지 시놉시스 보내드릴게요. 그리고 1주일 내로 적어도 5권 분량까지 원고 보내드리겠습니다."

태원은 하마터면 입에 머금은 술을 흘릴 뻔했다.

"1주일 내로 5권이요?! 그게 가능하시겠어요?"

"사실 미리 써둔 비축분도 있었고요. 아마 될 것 같아요."

당연히 거짓말이었다.

재건은 단 한 글자도 써둔 것이 없었다. 그저 시간당 1만 자의 글을 쓸 수 있는 능력이 생겼기에 호언장담을 했을 뿐이었다.

"문제는 나온 초고가 편집장님 눈에 들지 말지인데, 무림지존록만큼은 되도록 애써보겠습니다."

"저야 하 작가님 필력 믿어요. 이제 완전히 감 잡으신 것 같으니 차기작도 분명히 좋을 거예요."

재건은 진중해진 표정으로 되돌아와 물을 한 모금 마셨다.

이제 어려운 얘기를 해야 할 시간이 됐다.

무림지존록으로 소위 '파는 작가'가 되었으니 몸값을 올려야 할 차례가 온 것이다.

태원은 무명작가였던 시절부터 지금까지 변함없이 보듬어준 인간적인 편집자다. 그래서 재건은 더욱이 말을 꺼내기가 어려웠다.

"하 작가님, 무슨 생각을 그렇게 하세요?"

침묵이 이어지자 소미가 넌지시 물었다.

재건은 각오를 굳히고 고개를 들었다. 편집장인 태원이 아닌, 스타북스 전체를 향해 말한다는 마음가짐으로 그는 입을 열었다.

"이제 계약 조건을 조금 변경하고 싶어요."

"아, 네. 그럼요, 작가님. 이제 예전과 같은 조건으로 해드릴 순 없죠."

"아직 엄청나게 대박을 낸 것도 아니니 무리한 조건을 요구할 마음은 없어요. 다만 인세 9%에 3,000부 이상부터 보너스를 좀 주시고 또……."

별안간 태원이 자신의 가방에서 서류철을 꺼내 들었다. 거기에서 계약서를 하나 꺼내더니 재건에게 내밀며 말했다.

"이거 한번 일단 보시겠어요?"

"……계약서잖아요?"

"하 작가님하고 차기작 계약하게 될까 봐 제가 미리 준비해 왔어요. 내용 한번 훑어봐 주세요."

재건은 고개를 갸웃거리며 계약서를 펼쳤다. 페이지를 넘기면서 그의 표정이 놀라움을 더해가고 있었다. 재건이 내심 요구하려고 마음먹었던 수준보다 더 높은 호조건이었다.

"편집장님, 이거……?!"

재건은 말을 이을 수가 없었다.

기본적으로 인세 10%에 3,000부부터 1,000부 단위로 1%씩 추가, 더불어 전자책 정산 비율도 6 대 4로 재건이 6이었다.

재건의 계약 방식은 기본이 종이책이다.

종이책은 제작비가 들고 손해의 위험 또한 크다.

출판사 입장에서는 당연히 전자책 시장을 염두에 두고 계약한다. 따라서 어지간한 작가가 아니고서는 5 이상을 가져가기가 어려운 것이다. 이제 겨우 한 작품을 흥행시킨 재건에게는 상당히 파격적인 조건이라고 할 수 있었다.

"편집장님? 이거 미리 만들어 오신 거예요?"

"이제 당연히 그 정도는 해드려야 한다고 생각했어요. 오히려 그 정도밖에 못해드려서 죄송해요. 만약 이번 작품까지

터지고 나면 그땐 대표님 어떻게든 구워삶아서라도 더 높은 조건으로 꼭 계약해 드릴게요."

재건은 가슴이 벅차올라 고개만 끄덕였다.

말하지 않아도 이렇게 미리 세세하게 챙겨주는 편집장의 마음 씀씀이가 더없이 고마웠다.

"이제 중요한 이야기는 그럭저럭 끝났으니 집중해서 먹을까요?"

"네, 그러죠. 드세요. 소미 씨도요."

"작가님도 많이 드시고 힘내세요."

세 사람이 잔을 높이 들어 건배했다.

손님들이 늘어나면서 사방은 더욱더 시끌벅적해졌다. 소란 속에서도 재건의 머리에서는 차기작의 얼개가 빠르게 모습을 갖춰가고 있었다.

BIG LIFE

'아니, 이게 뭐야?'

해태미디어 본사 편집부.

박경수 대리는 자신의 자리에서 모니터를 뚫어져라 응시하고 있었다.

화면을 가득 채우고 있는 건 스타북스에서 출간된 작가 풍천유의 신작 '현대지존록'에 관한 도서 대여점 협회 점주들의 반응이었다.

—20대 남, 3권 언제 나오냐고 성화. 30대 여, 아주 재미있다고. 40대 남 단골손님, 무조건 3권 입고하라고.

—50대 남 무협광 단골손님, 퓨전 안 읽는 사람인데 전부 가져감. 풍천유 작가 전작들까지 찾아서 죄다 빌려감.

—10대 남 학생손님, 학교 친구들 사이에서 지존록 시리즈 말고는 안 본다고.

—저희는 초판 1쇄 물량이 소진돼서 책을 아직 못 들여왔어요. 슬픔.

모니터에서 뿜어져 나오는 푸르스름한 빛 때문에 경수의 얼굴은 한결 더 창백하게 느껴졌다.

경수는 도저히 믿을 수가 없었다. 재건을 찾아갔던 것이 불과 8일 전의 일이었다. 그런데 그 사이에 차기작을 출간한 데다 시작부터 전작보다도 큰 흥행의 조짐을 보이고 있는 것이다.

바로 그때였다.

"마 실장 어디 갔어!"

배불뚝이 대표가 노발대발해서 편집부로 들어섰다.

경수는 사색이 되어 부들부들 떨면서 자리에서 일어섰다.

"아, 아직 출근 안 하신 것……."

"시간이 몇 신데 아직도 낯짝을 안 보여! 실장이면 제 맘대로 지각해도 되나?! 당장 전화해서 튀어오라고 해! 오자마자 내 방으로 들여보내!"

"아, 알겠습니다. 대표님."

대표가 씩씩거리며 돌아갔다.

경수는 자신의 자리에 무너지듯 주저앉았다. 대박 작가를 놓친 마 실장이 얼마나 호되게 당할지 생각만 해도 끔찍스러웠다.

마종구 실장은 전화를 받고 1시간이 지나서야 나타났다.

작가와 계약 관련 미팅을 하다가 전화를 받고 달려온 그는 온몸이 땀으로 범벅이 되어 있었다.

종구가 대표실로 들어가자마자 폭발하기 시작한 고성은 사무실 구석 끝의 직원에게까지 들려올 정도였다. '네가 저지른 짓이니 네가 알아서 책임져!'라는 일갈 뒤로 '악!' 하는 단말마의 비명 소리가 이어졌다.

잠시 후, 대표실 문이 열리고 종구가 나왔다. 정강이를 걷어차인 그는 한쪽 다리를 절뚝이며 경수에게 다가와서는 침울한 목소리로 말했다.

"박 대리 폰으로 전화해 봐."

"네? 어, 어디요?"

"하재건! 하재건 작가한테 전화 때리라고! 내 전화는 차단했는지 안 받잖아!"

종구가 책상을 주먹으로 쾅 하고 내리찍으며 소리쳤다.

괜한 화풀이에 놀란 경수는 허겁지겁 가방에서 핸드폰을 꺼내 들었다. 종구는 그 앞에 쪼그려 앉으며 두 손으로 머리를 뒤헝클고 있었다.

그와 같은 시각.

재건은 가족이 살고 있는 수원 본가의 집 현관문 앞에서 초인종을 누른 참이었다. 이내 스피커를 통해 누나 재인의 목소리가 들려왔다.

–누구세…… 재건이니?!

인터폰으로 동생의 얼굴을 알아본 재인이 서둘러 문을 열어주었다. 재건은 히죽 웃으며 집 안으로 들어섰다.

"어쩐 일이야? 전화도 없이."

"그냥. 누나도 쉬는 날이고."

"웃겨, 정말. 이러려고 어젯밤에 전화로 내 휴무일 물어본 거야? 무슨 바람이 불었어? 그렇게 오라고 노래를 부를 땐 코빼기도 안 보이더니."

재건은 실없는 웃음으로 대답을 때웠다.

지금껏 자신의 몸 하나 건사하기조차 빠듯한 무명작가로 지내왔다. 가족을 볼 면목도 없었고 부끄러워서 누나의 초대에 대부분 응하지 못했던 것이 사실이었다.

하지만 이제는 상황이 달라졌다.

무림지존록에 이어 출간된 현대지존록까지 시작부터 반응이 좋았다. 덕분에 재정 상황이 풍족해진 재건은 실로 간만에 자처해서 본가에 찾아온 것이다. 어머니께 용돈을 드릴 겸 호전되고 있는 자신의 상황 또한 알리기 위해서.

"엄마랑 아버지는?"

"엄마는 미용실, 아빠는 어제부터 오전이셔."

재건의 아버지는 3년 전 구조조정으로 직장을 잃었다. 그때부터 지금까지 인근 아파트에서 경비원으로 일해오고 있었다. 주야로 교대가 반복되는 고된 일이지만 휴일 외에 단 하루도 일을 거른 적이 없었다.

"아침은 먹고 온 거야?"

"그럼, 시간이 몇 신데. 아, 잠깐만. 전화."

핸드폰을 꺼내 든 재건이 한쪽 눈두덩을 꿈틀거렸다.

해태미디어의 경수로부터 걸려온 전화였다.

대략 상황을 짐작한 재건은 입가에 옅은 조소를 머금고 전화를 받았다.

"여보세요."

–하 작가님, 안녕하세요. 해태미디어 박경수입니다.

"네, 무슨 일이세요?"

재건이 인사도 생략하고 차갑게 되물었다. 곧바로 경수는 재건의 예상에서 한 치도 벗어나지 않은 말을 줄줄이 늘어놓기 시작했다.

–그게 저, 예전에 말씀하셨던 계약 조건 말입니다. 만나뵙고 자세히 말씀을 드려야겠지만 일단 대체적으로 맞춰드릴 수 있을 것 같습니다. 오늘 하 작가님만 시간이 괜찮으시다면 찾아뵙고 싶습니다.

"저는 그날 분명히 말씀드렸습니다. 하루가 지나기 전에 답변을 달라고. 그런데 지금은 벌써 일주일도 더 지난 것 같은데요."

–그, 그건…… 내부적으로도 회의가 필요했기 때문에 조금 시간이…….

"해태미디어에서 내부적으로 무슨 회의를 했건 저와는 상관없는 일입니다. 중요한 건 제게 답변이 오지 않았다는 거예요. 달리 하실 말씀 없으시다면 이만 끊겠습니다."

재건이 전화를 끊으려는 찰나 상대의 목소리가 뒤바뀌었다.

–하 작가님, 저 마종구 실장입니다. 연락을 바로 드렸어야 했는데 정말 죄송합니다. 부디 한 번만 용서를 구할 기회

라도 주시죠. 절대로 실망하시는 일 없도록 잘해드리겠습니다. 끊지 마시고요. 네? 부탁드립니다, 작가님.

종구는 재건이 전화를 끊을까 봐 속사포처럼 빠르게 말을 뱉어냈다. 재건은 색이 바래 누렇게 뜬 거실 천장을 올려다보며 잠시 생각에 잠겼다. 이렇게까지 저자세로 굽실거리는 것을 보니 안쓰러운 마음도 조금은 드는 게 사실이었다.

–여보세요? 작가님? 하 작가님?

"생각하는 중이에요."

–앗, 죄송합니다. 가만히 기다리겠습니다.

재건은 무슨 일이냐는 표정으로 물어보는 재인도 외면하고 두 눈을 지그시 감았다. 수화기 너머의 종구는 불규칙적인 숨소리를 내뱉으며 가만히 기다려 주고 있었다.

"알겠습니다. 일단 뵙죠."

이윽고 결론을 내린 재건이 말문을 열었다.

"절대로 실망할 일 없을 거라는 마 실장님 말씀 믿어보겠습니다."

–가, 감사합니다. 감사합니다, 하 작가님. 감사합니다. 몇 시쯤 뵈면 될까요? 제가 댁으로 모시러 가겠습니다.

"지금 수원 집에 내려와 있어요. 4~5시쯤 올라갈 건데 그럼 대충……."

종구가 재건의 말을 자르고 황급히 되물었다.

—수원이시라면 예전에 가족분들과 함께 사시던 거기 맞으십니까? 그럼 제가 그리로 가겠습니다. 1시간 내로 갈 수 있습니다.

해태미디어에서 데뷔작을 계약할 때 계약서상 주소지가 수원 본가였다. 재건은 조금 떨떠름한 표정으로 벽시계를 보며 고개를 끄덕였다.

"그럼 그렇게 하시죠. 기다리겠습니다."

—네네, 작가님. 금방 찾아뵙겠습니다.

전화가 끊어지고 재건은 핸드폰을 주머니에 넣었다. 냉장고에서 우유를 꺼내는 그의 등에 대고 재인이 기다렸다는 듯이 물었다.

"뭐야? 출판사야? 무슨 일이야? 언뜻 들으니까 너한테 엄청 절박하게 부탁하는 것 같던데?"

"차기작 계약하자는 거지 뭐."

"……차기작?"

재인은 그렇게만 묻고 이어지는 말을 목젖 너머로 삼켰다.

계속 질문했다간 동생의 아프고 민감한 부분을 건드리게 될지도 모른다.

마음 아픈 일이지만 재인은 알고 있었다. 동생이 이렇게 출판사로부터 간절하게 원고 청탁을 받을 만큼 잘나가는 작가는 아니라는 것을. 그래서 더더욱 작금의 통화가 의문스럽기만 했다.

"오면 근처 카페나 가서 후딱 일 보고 들어올게. 서울에서 부터니까 1시간이면 온다고 했어."

그러나 재건의 예상은 틀렸다.

30분이 조금 넘게 지나자마자 초인종이 울렸다. 인터폰을 통해 확인하니 종구와 경수의 얼굴이 보였다. 신호란 신호는 전부 무시하고 달려온 모양이었다.

"나 그냥 방에 들어가 있을게."

"미안, 금방 끝낼게."

"아냐. 천천히 일 봐."

재인이 자신의 방으로 들어간 다음, 재건은 현관으로 가 문을 열어주었다.

"아이구. 안녕하세요, 작가님."

종구와 경수의 손에는 명절도 아닌데 고급스런 한우갈비 세트와 홍삼 세트가 들려져 있었다. 그것들을 슬쩍 들어 보이며 종구가 말했다.

"갑자기 방문을 하게 돼서 선물을 고르는 데 시간을 많이 쓰지 못했습니다. 입에 맞으실지 모르겠습니다."

"고맙습니다. 주세요."

입으로 감사하면서도 재건의 태도는 의연했다.

예전에는 설이나 추석에도 이런 고급스러운 선물을 받아

본 적이 없었다.

끽해야 소속 작가 전원에게 돌리는 참치나 햄 세트가 고작이었다.

값진 선물을 받아 드는 와중에도 재건은 자신의 몸값이 상승했다는 것을 또 한 차례 실감했다.

"들어오세요."

재건이 옆으로 비켜서며 들어오도록 권했다. 굳이 집까지 찾아왔는데 카페로 또 이동하느니 자신의 방에서 조용히 얘기하는 편이 편하고 좋을 듯했다. 종구와 경수는 연신 고개를 조아리며 구두를 벗고는 거실로 올라섰다.

"커피 한 잔씩 드릴까요?"

"아니요, 마시고 왔습니다. 괜찮습니다."

세 사람은 재건의 방에 방석을 하나씩 깔고 둘러앉았다. 오래도록 비워둔 탓에 황량해진 자신의 방을 돌아보며 재건이 먼저 말을 꺼냈다.

"일과 상관없는 이야기는 잊겠습니다. 단 한마디도 꺼내지 않을 겁니다."

"아아, 네……."

찔리는 데가 많은 종구는 고개를 숙이며 그렇게 대답할 수밖에 없었다. 스스로도 알고 있었다. 과거 무명작가였던 재건에게 모질게 굴었던 일은 회피할 수 없는 진실이었다. 분명히 좀 더 잘 해줄 수 있었지만 그렇게 하지 않았다.

“일전에 박 대리님께 제시했던 조건은 마 실장님도 아시고 계시죠? 거기서부터 이야기를 시작했으면 좋겠습니다.”

“그게 말이죠, 작가님. 베이스로 종이책을 깔고 들어가는데 전자책 쪽 조건 요구가 조금 많이…… 네, 그렇습니다. 계약 기간을 늘려주시거나, 아니면 정산 비율을 조금만 양보해주시거나. 어떻게 안 되시겠습니까?”

종구는 울상이 되어 애원하듯 말하고 있었다.

괜한 엄살을 부리는 것이 아니라는 걸 알면서도 재건은 짐짓 답답하다는 듯 딴 곳을 보며 한숨을 내뱉었다. 그것만으로도 종구와 경수는 두려워져서 양 광대를 움찔 떨었다.

“그럼 이렇게 하죠.”

재건이 미리 다 생각해 둔 건을 이제야 떠올렸다는 듯이 하나하나 열거했다.

“종이책 기본 인세는 10%만 받겠습니다. 보장 부수 조항은 필요 없고, 추가 인세도 4,000부부터 1%씩만 받겠습니다. 하지만 계약 기간 2년과 전자책 정산 비율 7 대 3은 그대로입니다.”

종구의 얼굴이 복잡한 빛을 띠었다. 거기에 대고 재건은 대단한 선심을 쓴다는 듯이 나직이 덧붙였다.

“많이 양보해 드린 겁니다.”

“아, 알고 있습니다. 작가님, 그런데…….”

종구로서는 이대로 계약하기가 몹시 애매했다.

종이책이 얼마나 팔릴 것인지 현업인도 예측하지 못하는 불경기가 계속되고 있었다. 재건의 작품이 줄줄이 사탕으로 흥행할 것이란 보장 또한 없는 것이다. 가능하면 전자책 쪽에서만큼은 호조건을 가져가고 싶은 것이 그의 솔직한 심정이었다.

바로 그때.

재건이 집게손가락을 들어 보이며 말을 이었다.

“제 개인적인 조건을 하나 들어주시면 계약 기간을 3년으로 늘릴 용의도 있습니다. 아니면 정산 비율을 1 양보할 수도 있고요.”

“개인적인 조건…… 이요?”

재건이 중지와 약지 손가락까지 세 손가락을 펼쳐 보였다.

“선인세로 3,000만 원 입금시켜 주세요.”

종구가 목젖이 보이도록 입을 찢어져라 벌렸다.

재건이 어떤 제목으로 무슨 내용의 소설을 쓸 것인지, 나아가 몇 권으로 완결할 예정인지 그 무엇도 전해 들은 바가 없는 상황이다. 이런 와중에 선인세로 3,000만 원이라니. 액수가 지나치게 컸다.

“하, 하 작가님…….”

잠시 말문이 막힌 종구 대신 경수가 슬그머니 나섰다.

"잠시 외람된 질문일 수도 있지만요. 저희랑 계약하시게 되면 작품을 몇 권까지 쓰실 예정이신지요?"

"최소한 10권까지는 갈 겁니다."

경수는 고개를 끄덕이는 한편 재빨리 계산을 해보았다.

10권까지 권당 3,000부씩 나간다고 해도 원고료는 2,400만 원이다. 손해를 보지 않으려면 3,000부 이상이 꾸준히 팔려줘야 하거나 재건이 작품을 더 길게 써줘야 한다. 일단 3,000부나 무리 없이 소화할 수 있을지 이것부터 확신도 없었다.

'이대로 계약해서 손해가 나오면……!'

남은 것은 전자책 플랫폼이다.

종이책으로 손실이 발생하면 전자책 쪽으로 메울 수밖에 없다. 하지만 해태미디어는 비교적 뒤늦게 전자책 시장에 진출했다. 회사에 보탬이 되는 현금을 만들어내려면 아직 좀 더 자리를 잡을 시간이 필요한 상황이었다.

"으음……."

종구가 콧잔등을 꾹꾹 누르며 생각에 잠겼다. 돈이 되지 않는 작가는 매몰차게 버리는 것이 지금껏 종구가 고수해 왔던 영업 방식이었다. 그래서 그는 두려웠다. 재건이 같은 이유로 해태미디어를 내칠까 봐 그것이 걱정이었다.

"10권까지는…… 무슨 일이 있으시더라도 꼭 써주셔야 합니다."

"제 입으로 약속했습니다. 작품의 흐름상 필요하다고 생각되면 그 이상도 가능합니다."

종구는 조금 안심했지만 아직도 마음 한구석으로는 망설이고 있었다. 재건은 주머니에서 울리는 핸드폰을 꺼내 확인하더니 종구에게 내밀며 말했다.

"이것 좀 보시겠습니까?"

종구와 경수의 시선이 재건의 핸드폰 화면으로 향했다. 지금 막 스타북스의 소미로부터 날아든 따끈따끈한 메시지가 화면을 가득히 채우고 있었다.

-현대지존록 2,000부 증쇄 결정됐어요. 무림지존록도 아마 다음 주면 1,000부 더 증쇄하게 될 것 같아요. 이제 현지 4,000부! 무지 5,000부! 합쳐서 9,000부! 기쁜 소식이라서 결정되자마자 알려드립니다. 오늘도 고생하셔요.

"으음……!"

종구의 입에서 의미를 알 수 없는 침음이 흘러나왔다. 재건은 핸드폰을 거둬들이며 담담하게 말을 이었다.

"저라는 글쟁이의 가치는 시시각각 오르고 있습니다. 오늘과 같은 조건도 더 이상은 없을지도 모릅니다."

"드, 드리겠습니다!"

종구가 비장한 표정으로 핸드폰을 꺼내 들었다.

"대표님께 전화 한 통만 넣고 와도 되겠습니까?"

"그렇게 하세요. 커피 한 잔 마실 겸 제가 잠시 자리를 피해드리겠습니다."

재건은 자신의 방에 종구와 경수를 두고 나와서 문을 닫았다. 부엌과 거실의 경계선에 기대어 서 있던 재인이 화들짝 놀라며 허리를 폈다.

"뭐 하고 있어?"

"무, 물 마시러 나왔다가 무슨 얘기들인가 하고……. 재건아, 얼핏 들었는데 3,000만 원이라니? 그게 말이 되는 액수야? 네가 쓰는 판타지나 무협이 그렇게 많은 돈이 되는 책이니?"

"오늘 어머니 용돈으로 300 정도 드릴 생각이었는데, '0' 하나 더 붙은 거야. 별거 아냐."

계약하기 전부터 생각했었다. 해태미디어와 계약하게 될 작품의 수익은 모조리 형편이 좋지 않은 집안 살림에 보태겠다고. 재인은 흥분이 과해 연신 가슴을 들썩이고 있었다.

"벼, 별거 아니라니. 그 돈이면 전세금 문제도 한 번에 해결될 텐데……."

재건은 웃음 띤 얼굴로 말없이 커피를 탔다.

정수기의 뜨거운 물이 하얀 김을 모락모락 피우며 커피 분말을 녹였다. 재건은 후후 불어가며 여유롭게 한 잔의 커피를 마셨다. 그리고 다 마시기도 전에 3,000만 원의 선인세가 그의 계좌로 입금되었다.

"입금해 드렸습니다, 작가님."

방에서 나온 종구의 말에 재건이 고개를 끄덕이며 대답했다.

"확인했어요. SMS 서비스 있어서요. 고맙습니다."

재인은 벌어진 입을 다물지 못하고 있었다. 정말로 3,000만 원이라는 거액의 선인세를 받았다는 건가? 한낱 무명작가에 지나지 않는 자신의 동생이?

재인은 동생에게 무슨 글을 쓰는지 일절 묻지 않고 지내왔다. 안 그래도 힘든 동생에게 부담을 주고 싶지 않았기 때문이다. 게다가 악평들을 보면 누나인 자신마저 마음이 아파 인터넷 검색도 전혀 하지 않았다. 때문에 최신작들이 연달아 흥행을 터뜨리고 있었다는 사실을 전혀 모르는 상태였다.

"부디 잘 부탁드리겠습니다, 작가님."

현관 앞에서 재건과 종구는 악수를 나눴다.

사람 대 사람의 마음으로서가 아닌, 업무적인 미소가 서로의 시선을 통해 오가고 있었다.

"저도 감사합니다. 1주일 내로 5권까지는 원고 넘겨드리겠습니다."

친구가 아니더라도 적이 되지는 마라.

재건은 오랜 사회생활을 한 아버지의 가르침을 속으로 곱씹으며 종구와 경수를 보냈다. 돌아서는 그의 머릿속은 벌써부터 해태미디어에 넘겨줄 원고를 구상하고 있었다.

BIG LIFE

"팀장님, 식사 안 하세요?"

"드시고 오세요. 저는 책 읽으면서 먹으려고 샌드위치 샀어요."

게임 회사 넥션의 모바일 기획 팀 사무실.

이수희 팀장은 어깨까지 흘러내리는 긴 생머리를 하나로 모아 고쳐 묶었다. 그런 다음 한 손으로는 샌드위치를 먹으며 무릎 위에 놓인 책을 읽기 시작했다.

'우후훗, 재밌어.'

수희가 읽는 책은 '페젤론의 마법사'라는 제목의 판타지 소설이었다. 작가 풍천유의 신작이기도 했다. 그녀는 지존록 시리즈를 나온 데까지 전부 읽고 이제 페젤론의 마법사를 1권부터 읽기 시작한 터였다.

수희는 풍천유라는 작가가 누구인지 알고 있었다. 소리 소문도 없이 망한 데뷔작에서부터 지금까지 출간된 모든 책이 그녀의 서가에 오롯이 꽂혀 있었다. 풍천유는 그녀가 27년을 살아오는 동안 진심으로 마음을 열었던 유일한 남자였다.

"으흐흑……!"

난데없는 울음소리에 수희가 고개를 들었다. 기획 팀의 막내 직원인 혜미가 젖은 얼굴을 문지르며 자기 자리로 돌아오고 있었다.

"혜미 씨, 왜 그래? 무슨 일 있어?"

수희가 엎드린 혜미의 등을 토닥이며 물었다. 혜미는 티슈를 뽑아 젖은 얼굴을 묻으며 흐느끼듯 대답했다.

"으흐흑, 팀장님. 죄송해요. 근데 저 정말 오 작가님하고 일하기 너무 힘들어요……."

수희가 두 눈을 가늘게 떴다.

이걸로 명훈이 문제를 터뜨린 것도 벌써 네 번째. 아무래도 더 이상은 고운 말로 해결될 상황이 아닌 것 같았다.

"오 작가 지금 어디 있어?"

5장

이것이 통조림인가

"휴게실에요…… 흑."

수희는 즉시 사무실을 빠져나와 휴게실로 향했다.

흔들의자에 앉아 있는 명훈이 보였다. 앞뒤로 몸을 느긋하게 흔들며 커피를 마시고 있었다. 수희가 또각또각 소리를 내며 걸어가자 그는 고개를 들고 반색을 했다.

"여, 이수희. 어쩐 일이야? 점심 먹으러 안 갔어?"

"회사에서 그렇게 부르지 말라고 했지?"

수희가 아무도 없는 휴게실을 힐끗 돌아보고는 나직이 말했다. 명훈은 의자에서 일어서더니 경례하는 시늉을 해 보이며 대답했다.

"이거 실례했습니다. 이. 수. 희 팀장님."

수희의 입술에서 가느다란 한숨이 새어 나왔다. 아무리 주의를 줘도 고칠 줄을 모르는 성격이다. 대학 때부터 지금까지 줄곧 변함이 없다. 최근 계속된 야근으로 누적된 그녀의 피로가 명훈 앞에서 한꺼번에 폭발하고 있었다.

"이번엔 뭐가 문제야?"

길게 말하기도 싫은 수희가 바로 본론으로 치고 들어갔다.

명훈은 피식 웃으며 의자에 앉았다. 허공에 대고 흔드는 손에는 A4 용지가 쥐어져 있었다. 혜미가 작성한 캐릭터 기획 초안이었다.

"염혜미인가 그 아가씨, 식품영양학과 출신이라며? 그것도 전문대. 일하는 거 보니까 각이 딱 나오더라고. 넥션 그만두고 어디 고등학교 식당에서 영양사나 하라고 말해주는 게 좋을 것 같지 않아?"

"이슈가 뭔지만 말해."

수희가 치미는 울화를 삼키며 말했다. 명훈은 헛웃음을 터뜨린 끝에 문서를 거칠게 뒤흔들며 대답했다.

"이슈? 그래, 이따위로밖에 기획할 수 없냐는 게 이슈지. 양식에서부터 설정까지 하나도 마음에 드는 게 없어. 나이 20살의 여대생이 주유소에서 아르바이트를 하다가 레이서인 주인공을 만나? 그리고 사랑에 빠져? 유치한 것도 정도가 있지. 이런 급 낮은 배경을 가지고 나더러 시나리오를 쓰라고 하니 진짜……!"

명훈이 문서를 허공에 대고 아무렇게나 내던졌다. 흐트러진 문서들이 허공을 폴락폴락 날다가 바닥에 널브러졌다.

"계속 이런 식이면 같이 일하기 힘들어."

"그럼 쓸 만한 기획을 가져와야지."

명훈이 꼬고 앉은 발끝을 까딱거리며 대꾸했다. 수희의 눈초리가 더없이 싸늘해졌다.

"문제는 기획이 아니라 네 성격 아니니?"

"어이쿠, 우리 팀장님께서 설마 인신공격을 하시려는 건가?"

"……관두자."

수희는 무릎을 굽히고 앉아 명훈이 내던진 문서들을 그러모았다. 마지막 한 장까지 챙긴 다음 몸을 일으켜 세우며 그녀가 말했다.

"혜미 씨 내가 아끼는 직원이야. 전공과 상관없이 성실하고 일 잘하고 무엇보다 인성이 누구처럼 엉망진창이지는 않아."

내내 조소를 머금고 있던 명훈의 얼굴이 살짝 굳어들었다. 그와 시선을 맞추고 수희는 말을 이었다.

"인신공격? 식품영양학과 출신이라느니 전문대라느니, 게임 회사 관두고 영양사나 하라느니 운운했던 게 누구더라?

불과 30초 전 본인의 과거마저 망각하고 실언을 하면 어떡하니? 그것도 자부심 넘치는 작. 가. 님께서."

"그만하자, 수희야. 더워지려고 한다."

그렇게 말하는 명훈의 얼굴은 이미 붉게 달아오르고 있었다. 수희는 코웃음을 치고는 리모컨을 들어 에어컨의 바람 세기를 한 단계 높였다.

"3일 안에 초안 작성 끝내줘. 일정도 있으니 마냥 기다리고만 있을 수는 없어."

"이런 쓰레기 같은 설정으로는 30일을 줘도 안 돼."

"정 그렇다면 어쩔 수 없지. 다른 작가를 찾아볼게."

명훈이 두 눈을 한껏 치켜떴다. 그러나 그것도 잠시, 이내 그는 고개를 뒤로 젖히고 천장을 향해 한바탕 웃음을 터뜨렸다. 수희는 자신만만한 미소를 입가에 머금은 채 명훈을 가만히 바라보고만 있었다.

"다른 작가를 찾아보겠다고? 3일 안에 캐릭터 3명의 메인 시나리오에 퀘스트를 10개씩 작성해야 하는데 그걸 해낼 작가가 있다고 생각해? 세계관에 적응하는 데만도 꼬박 하루는 걸릴 텐데?"

"찾아보면 있을 수도 있겠지."

"일은 둘째 치고 어떻게 찾을 생각인데? 3일 안에 나 정도 되는 커리어의 작가를 찾아서 섭외하고 일을 맡기겠다고?

이야, 우리 이수희 팀장님. 이제 보니 아직 세상 물정을 잘 모르는 꼬마 숙녀였구나."

"말 다 했으면 갈게. 수고해."

말을 마친 수희가 매몰차게 돌아섰다. 명훈은 이를 딱딱 맞부딪치며 타오르는 시선으로 그녀의 등을 노려보았다. 만약 이곳이 회사가 아니라 자신의 집이었다면 손에 쥔 머그컵은 벌써 내팽개쳐져 산산조각이 났을 터였다.

자신의 자리로 돌아온 수희는 핸드폰을 꺼내 전화부를 검색했다. 이윽고 박정진이라는 이름과 그의 번호가 화면에 떠올랐다. 수희는 한 차례 심호흡 끝에 통화 아이콘을 눌렀다.

-이야, 이수희? 네가 어쩐 일이냐? 나한테 전화를 다 하고?

"오랜만이야. 잘 지냈지?"

정진의 안부를 되물으며 수희는 책상 위의 책으로 손을 뻗었다. 희고 가느다란 그녀의 다섯 손가락 끝이 작가 풍천유의 이름을 어루만지고 있었다.

"고생하셨습니다. 가시는 길에 이거 하나 드세요."

"아이구, 제가 벅까스 좋아하는 건 어찌 아시고. 잘 마시겠습니다. 문제 생기면 언제든지 연락 주십쇼."

"네네, 조심히 가세요."

일을 마친 설치기사가 차를 몰고 떠나갔다.

재건은 팔짱을 낀 의기양양한 자세로 침대에 앉은 리카를 내려다보았다. 그의 등 뒤 천장에는 전에 없던 최신형 벽걸이 에어컨이 설치되어 있었다.

재건이 등 뒤로 에어컨을 가리키며 말했다.

"저걸 봐, 리카. 저게 에어컨이라고 하는 거야. 멋있지?"

"……야옹?"

"이제 7월이고 무더위가 찾아올 거야. 하지만 나는 아무런 걱정이 없어. 작년처럼 땀을 뻘뻘 흘리며 30분에 한 번씩 냉수로 샤워할 필요도 없어졌어. 왜냐고? 후후후, 궁금한 눈빛인데? 정 궁금하다면 가르쳐 주지. 그것은 내게 에어컨이 있기 때문이야."

"야옹? 야옹?"

리카는 영문을 모르겠다는 듯이 고개를 좌우로 번갈아 갸웃거리며 울기만 했다. 재건은 그 귀여운 몸짓에 더 견디지 못하고 리카를 가슴 가득 끌어안았다.

"이제 걱정 없어. 정말 고생 끝에 낙이란 게 이런 건가 봐. 쓰고 싶은 글만 쓰면서도 살 수가 있게 됐어."

현대지존록과 무림지존록 종이책 인세만 월 500만 원 전후였다. 해태미디어에서 출간된 페젤론의 마법사도 반응이 좋아서 벌써 1,500부를 증쇄했다. 덕분에 종구는 앞으로도 해태미디어의 실장으로 남아 있을 수 있게 됐다.

드르륵!

재인으로부터 전화가 걸려왔다. 재건은 리카를 가슴팍에 올려놓은 채 침대에 벌러덩 드러누우며 전화를 받았다.

"어, 누나."

-바쁘니? 엄마가 아구찜 해주신다고 오늘 저녁 먹으러 오라시는데.

"오리백숙 배터지도록 먹은 게 그저께야, 누나. 무슨 또 아구찜을 해주신다고 그래."

-작가가 체력 관리를 잘해야지. 네가 특별히 다른 운동을 하는 것도 아니고.

재건은 어머니와 누나로부터 끊임없는 식사 초대에 시달리는 중이었다. 그가 준 3,000만 원 덕분에 전세금 걱정이 사라진 집안 분위기는 더없이 좋아져 있었다.

-그러지 말고 재건아, 이제 다시 집으로 들어와. 응? 월세 아깝게 그 원룸에 계속 있을 필요 없잖아.

재건은 대답 대신 창밖으로 시선을 돌렸다. 아직 아버지와의 관계가 껄끄럽기만 했다. 좋은 성적을 일궈내고 있지만 여전히 아버지란 사람은 격려의 말 한마디조차 없었다.

더불어 더욱 중요한 문제가 있었다.

재건은 당장 이 원룸을 떠날 수가 없었다. 정확히 말하자면 이 근방에서 멀리 떨어지고 싶지 않은 마음이었다. 정체는 알 수 없지만 어쨌든, 자신의 인생을 바꿔준 대선배가 잠들어 있는 곳이기 때문이다.

"누나, 나 전화 들어온다. 내가 다시 전화할게."

–빨리 해.

재건은 누나와의 통화를 끊고 새로 걸려온 전화를 받았다. 가장 친한 친구 정진이었다.

"무슨 일이냐?"

–연락 받았냐?

"다짜고짜 뭔 소리야? 무슨 연락?"

–어, 아직 전화 안 들어갔구나. 엄청 급해 보이던데. 딴 게 아니라 수희가 갑자기 연락을 해서는 네 번호랑 사는 데까지 묻더라고. 대충 가르쳐 줬는데, 뭐, 괜찮지?

"수희가……? 무슨 일로?"

–나야 모르지. 지나가듯이 말하는 거 보니 뭐 부탁할 게 있는 거 같더라고. 혹시 그거 아니냐? 왜, 일전에 동기들 모였을 때 명훈이가 말했잖아. 넥션에서 수희랑 게임 시나리오 쓰고 있다고. 그거 명훈이 그 자식이랑 수틀려서 너한테 부탁하려는 거 아니냐고.

"그럴 리가 있냐. 내가 뭐라고."

–자부심 가져, 새끼야. 잘 팔고 있잖아. 아무튼 저녁에 전

화해 줘라. 나 점심시간 얼마 안 남았다. 후딱 담배 피우고 양치해야 돼.

"그래, 알았다."

전화를 끊고 난 재건은 망연자실하게 천장을 올려다보았다.

이수희…….

내일이 보이지 않았던 비루한 대학 시절의 첫사랑. 가진 것이 없어 떠나보냈던 그녀가 이제 와서 무슨 일로 자신을 찾는 것인지 재건은 짐작조차 할 수가 없었다.

드르륵!

재건이 핸드폰의 진동에 깜짝 놀라며 허리를 폈다. 등록되지 않은 모르는 번호가 화면에 떠오르고 있었다. 창밖 먼 길에서부터는 자동차의 엔진 소리가 커져오는 중이었다.

재건은 조금 떨리는 목소리로 전화를 받았다.

"여보세요?"

–재건이니?

여전히 뇌리에 생생히 남아 있는 목소리가 다시금 재건의 귓가를 울리고 있었다. 아름다운 미소로 다소곳이 선 그녀의 모습이 눈앞에 그려지는 듯했다.

–나 수희야, 이수희. 갑자기 연락해서 미안해. 잘 지냈어?

어느새 들려오던 자동차의 엔진 소리는 멈춰 있었다.

재건은 이끌리듯 일어나 창가로 향했다. 집에서부터 길게 이어진 저 길 끝에 구름처럼 하얀 자동차가 서 있었다. 수십 미터의 먼 거리지만 재건은 운전자가 누구인지 한눈에 알아보았다.

–여보세요? 재건아?

"듣고 있어. 미안, 잘 지냈어. 너도 잘 지냈어?"

–응, 잘 지냈어. 괜찮아.

세월의 간극 앞에서 두 사람은 초등학교 때 처음으로 배우는 영어 회화처럼 안부를 나눌 수밖에 없었다.

잠시간의 침묵 끝에 수희가 다시 입을 열었다.

–정진이한테 물어보고 번호 알았어.

"그랬구나."

–요전 동창회 때 참석 못 해서 아쉬웠어. 요즘도 글 열심히 쓴다면서? 대단해.

"대단하긴. 그냥 할 줄 아는 게 이것밖에 없는 거지."

–지금 바쁘니? 바쁘지 않으면 잠깐 볼 수 있을까?

재건이 그러겠노라고 대답하려는데 수희의 말이 속사포처럼 이어졌다.

–솔직히 얘기할게. 일 때문에 연락했어. 상당히 급한 일이라서 지금 너희 집 근처까지 왔어.

재건이 입가에 엷은 미소를 머금었다.

조금도 변하지 않았다. 돌려 말하지 못하고 항시 생각한 바를 솔직하게 토로하는 성격도 대학 시절 그대로였다.

—미안해. 기분 나빴지?

"아니야. 거기 앞쪽으로 길 끝나고 주황색 4층 건물 보여?"

—주황색 4층? 아, 보여. 거기니?

"어, 거기 2층…… 자, 잠깐만."

문득 벽에 걸린 거울을 보고 재건이 기겁했다.

오늘 일어나자마자 기사가 찾아와 에어컨을 설치하느라 아직 씻지도 못했다.

머리는 까치집 같았고 면도를 하지 않은 턱에는 수염이 그득하게 돋아나 있었다.

"수희야, 미안한데 집 앞에서 5분만 기다려. 내가 내려갈게."

—천천히 해.

재건은 부리나케 화장실로 뛰어들었다.

면도를 끝내자마자 왼손으로 머리를 벅벅 감는 동시에 오른손으로는 양치질을 했다. 젖은 머리를 수건으로 닦고 나오니 정확히 5분이 지나 있었다.

"씻었구나?"

주차된 차 앞에서 수희가 배시시 웃으며 반겼다.

재건은 계단에 멈춰 서서 머쓱하게 머리를 털었다.

"하나도 안 변했네. 몇 년 만에 보는 거지?"

"기억이 가물가물하다. 일단 올라와."

"실례할게."

수희는 재건과 함께 원룸으로 들어섰다.

한가운데에 서서 방 안을 둘러보는 수희에게 재건이 물었다.

"더우면 창문 닫고 에어컨 켤까?"

"아냐, 별로 안 더운데. 어머, 고양이도 키워?"

수희가 캣타워 아래 누워 있던 리카를 발견하고 놀란 얼굴로 다가갔다.

리카는 수희의 얼굴을 물끄러미 바라보더니 두 눈을 감으며 하품을 했다.

"귀여워……. 이름이 뭐야?"

"리카."

수희가 조심스레 손을 뻗어 리카의 목덜미를 어루만졌다. 리카는 별다른 저항도 없이 손길을 받아들이고 있었다. 여전히 두 눈으로는 방 안의 사물들을 좇으며 그녀가 말했다.

"어쩐지 방만 봐도 네 성격이 보이는 거 같다."

"성격?"

"꼭 필요한 물건만 두는 간소한 성격. 너 대학 시절 가방 속을 들여다보는 거 같아."

수희가 재건과 시선을 맞추고 웃었다. 재건도 따라서 웃었다. 가슴이 뛰었다. 휑하기만 한 원룸 내부가 수희의 존재만으로 싱그러운 캠퍼스로 뒤바뀌는 기분이었다.

“근데…… 일은 어떤 거야?”

“아, 맞다.”

수희가 황망히 리카를 쓰다듬던 손을 거둬들이고 가방에서 서류철을 꺼내 들었다.

“지금 회사에서 개발 중인 게임이야. 레이싱 게임에 연애 요소를 결합시켰어. 여기 나오는 여성 캐릭터들의 시나리오랑 퀘스트를 써줄 작가가 필요해.”

“흐음.”

재건은 수희로부터 건네받은 서류를 펼치고 꼼꼼하게 읽어 나갔다.

수희는 긴장해서 목이 탔다. 명훈처럼 비웃을까 봐 그것이 걱정이었다.

“풉.”

어느 순간 재건의 입에서 웃음이 터졌다.

수희가 창백해진 낯빛으로 떨떠름하게 물었다.

“왜…… 웃어?”

“웃겨서.”

“뭐가?”

재건이 서류에 시선을 박은 채 실실거리며 대답했다.

"그렇잖아. 주유소에서 일하던 여대생이 기름 넣으러 온 레이서랑 눈이 맞는다는 게 재밌어. 충분히 있을 수 있는 일이야. 흔하지만 흔해서 좋아. 그만큼 대중에게 익숙하다는 거잖아."

"그렇구나……."

수희의 입에서 안도의 한숨이 새어 나왔다. 재건의 웃음은 긍정적인 의미였던 것이다.

"이다음 캐릭터 차세린도 재미있네. 물론 여자가 노가다를 한다는 건 현실적으로 좀 문제가 있지. 하지만 이건 게임이잖아. 실제 건설 현장의 리얼리티를 살려주면 충분히 설득력이 있을 거야. 야, 이거 기획 잘 잡았네. 네가 잡았어?"

그렇게 물으면서도 재건은 여전히 서류만 뚫어져라 살펴보고 있었다.

수희는 멀거니 재건을 바라보며 상념에 잠겼다. 자신의 기억 속에 자리한 재건과 지금 코앞의 재건은 한 치의 어긋남도 없이 완벽하게 겹쳐지고 있었다.

옛날에도 이런 식이었다.

한번 글에 빠져들면 도무지 다른 생각을 하지 못했다.

라면에 물을 부어 놓고 책을 읽다가 다 불어서 차가워진 면을 후루룩 퍼 먹는 일도 다반사였다.

"잘 읽었다."

이윽고 재건이 고개를 들었다.

수희는 침을 한 번 꼴깍 삼키고는 넌지시 물었다.

"어떠니? 해줄 수 있을까?"

재건은 '왜 하필 나야?'라고 물어보려다 말고 입을 다물었다.

중요한 것은 수희가 자신이란 인간을 작가로서 인정하고 일을 맡기러 찾아왔다는 사실 하나다. 그렇게 결론을 내리고 고개를 끄덕였다.

"해볼게. 주유소건 노가다건 경험도 있고. 재미있게 쓸 수 있을 것 같아."

수희의 얼굴 전체로 환한 미소가 퍼졌다.

"고마워. 계약 조건은 절대 섭섭하지 않을 거야. 출시되고 매출 150% 달성한 다음부터는 인센티브도 있고 또……."

"됐어."

재건이 웃으며 수희의 말을 잘랐다.

"네가 알아서 잘 챙겨줄 거라는 거 알아."

"그래……."

"언제까지 해줘야 돼?"

"사실 그게 조금 걱정이야. 3일 내로 가능할까? 아직 보여주지 못했지만 전체 세계관에 대한 배경도 익혀야 하고. 빠듯하기는 해."

"3일이라. 알았어."

재건은 자신만만하게 대답했다.

시간당 1만 자를 써낼 수 있는 능력이 있다. 이틀 내로 스타북스에 현대지존록 6권 원고를 넘겨줘야 하는 것 말고는 당장 급한 일도 없었다.

"최대한 서둘러 볼게."

"고마워. 부탁할게. 난 그럼 슬슬 일어나야겠다. 회사에도 일이 밀렸거든."

수희가 가방을 어깨에 메고 일어섰다. 하고 싶은 이야기가 산처럼 쌓여 있었지만 다음 기회로 미뤘다. 그녀는 리카를 한 번 쓰다듬어 주고는 현관으로 가 구두를 신었다.

"아무 때나 괜찮으니까 연락 줘. 그리고 조만간 저녁 먹자."

"알았어. 조심해서 가."

재건은 수희를 보내고 노트북 앞에 앉았다. 리카가 그의 무릎 위로 폴짝 뛰어올라 몸을 웅크리고 자리를 잡았다.

"수희 예쁘지?"

"야옹……!"

"이게 울음소리가 앙칼지네. 알았어, 네가 제일 예쁘고 수희가 그다음으로 예쁘다. 됐지?"

리카가 머리를 문지르며 애교를 부렸다.

재건은 세상에서 가장 편안한 자세로 글을 쓰기 시작했다.

그로부터 약 3시간 후.

사내 휴게실에서 진한 커피로 피로를 달래고 있던 수희는 핸드폰을 꺼내 들었다. 재건으로부터 날아든 메시지가 화면을 채우고 있었다.

-오수민이랑 차세린 캐릭터 시나리오 초고 보냈어. 확인하고 연락 줘.

수희는 두 눈을 동그랗게 뜨고 시계를 쳐다보았다. 이제 고작 3시간이 지났는데 초고를 끝냈다고? 도저히 믿어지지 않는 일이었다.

'이상하네. 내가 설명을 잘못했나? 엉뚱하게 작성한 거 아냐?'

하루 안에 받을 거라는 기대는 애초에 하지도 않았다. 빨라도 하루는 족히 걸릴 거라고 예상하고 있었다. 수희는 근심스런 잰걸음을 옮겨 자신의 자리로 향했다.

'이럴 수가……!'

문서를 열어본 수희는 소스라치게 놀라 입을 떡하니 벌렸다.

총 3만 2,000자 분량의 시나리오 초고였다. 오탈자가 거의 보이지 않는 재건의 문장은 간결하고 명확하게 두 캐릭터의 이야기를 그려내고 있었다.

수희는 놀란 가슴을 가라앉히고 차분히 초고를 끝까지 읽었다. 그런 다음 프린터로 뽑아서 기획 팀 직원들에게 1부씩 돌리며 말했다.

"오수민과 차세린 시나리오 나왔어요. 다들 읽어보시고 의견 주세요."

직원들은 하나같이 어안이 벙벙한 얼굴들이었다.

그들은 지금까지 명훈의 독단적인 성격과 일하는 방식을 여실히 봐왔다. 오늘 낮에 불같이 화를 내며 회사를 나가 버린 그가 이렇게 빨리 마음을 추스르고 시나리오를 작성해 제출했다고?

"와, 이거 재밌다."

가장 먼저 말을 꺼낸 직원은 속독에 능한 혜미였다.

"캐릭터 진짜 명확하다. 뒷얘기도 재밌어요."

잠시 후, 또 다른 직원이 말을 보탰다.

"이거 시나리오 단계에서 퀘스트 동선까지 염두에 둔 것 같네요. 사건 하나하나가 독특하네. 유기적으로 뭉치고."

"오 작가님이 무슨 바람이 불었대요? 이렇게 잘 쓰실 줄은 몰랐네. 진즉 이렇게 좀 써주시지 왜 그렇게 사람들을 고생

시키고 그러셨대?"

수희는 대답 대신 싱긋 웃기만 했다. 이것으로 검증되었다. 자신만의 주관적인 착각이 아니었다.

때맞춰 명훈으로부터 전화가 걸려왔다. 양반은 못 되는 인간이라는 생각을 하면서 수희는 즉각 전화를 받았다.

"여보세요."

-생각해 보니 내가 좀 과하게 흥분한 감이 있었어. 오수민 캐릭터 내가 다시 설정해 봤다. 직장은 패밀리 레스토랑으로 바꿨어. 메일로 보내놨는데 한번 훑어봐. 내 수준에서 많이 낮춘 거야. 힘들었다. 이걸로 안 된다고 하면 나도 달리 도리가 없다. 네가 다른 작가를 찾아보는 수밖에.

흘러가는 상황 탓일까.

명훈의 말투가 평소보다 한결 더 거만하게 들려오는 수희였다.

결단을 내리기까지는 오랜 시간이 걸리지 않았다. 수희는 금세 마음을 굳히고 또렷한 어조로 명훈에게 물었다.

"계좌번호 불러줄래?"

-계좌번호? 하하, 난데없이 뭐야? 계약금이 절실할 정도로 곤궁한 라이프는 아니잖아, 내가. 초안이나 읽어봐.

"아니, 위약금 입금해 주려고."

-위약…… 금?

명훈의 목소리에서 웃음기가 말끔히 사라졌다.

수희는 재건에게 보내줄 다음 캐릭터의 설정 초안을 검색하며 대답을 이어갔다.

"넥션에서 일방적으로 오명훈 작가와의 계약을 파기하겠다는 뜻이야. 계약서에 나온 대로 위약금은 드려야지. 그간 정식 직원도 아닌데 제멋대로 사무실에 출근해서 마음대로 난리법석을 피운 노고를 치하하기 위해서라도."

–수, 수희야? 너 지금 나한테 무슨 소릴……!

"바빠, 이만 끊자. 계좌는 톡으로 보내."

뚝!

수희가 전화를 끊고 핸드폰을 내려놓았다. 다시 전화가 오자 핸드폰을 뒤집어 버렸다. 실로 간만에 활기를 되찾은 기획 팀 직원들은 각자의 업무를 찾아 분주하게 움직이고 있었다.

"이게 지금 뭐하자는 거야……?!"

명훈은 어이없는 표정으로 핸드폰을 들여다보며 중얼거렸다. 전화가 끊어진 화면에서 수희의 이름과 번호가 깜박거리고 있었다.

'갑자기 왜 이렇게 세게 나오는 거지?'

명훈은 적잖게 당황하고 있었다.

수희가 농담이나 허언을 할 여자가 아니라는 걸 잘 알고 있기 때문이었다.

명훈은 나라라도 잃은 사람처럼 한동안 멍하니 천장만 올려다보았다. 그리고 잠시 후, 그는 다시 핸드폰을 들고 수희에게 전화를 걸었다.

'안 받아? 감히?'

신호음이 잠시 울리는가 싶더니 전화가 끊겼다.

재차 걸었지만 결과는 마찬가지였다.

명훈은 핸드폰을 으스러지도록 움켜잡고는 위아래 이를 빠드득 갈았다.

'다른 작가를 구했나? 설마, 그럴 리가 없어. 젠장, 이거 아무리 생각해도 내가 너무 약을 올린 것 같은데……!'

명훈은 적당히 수희의 애를 태우고 난 뒤에 시나리오를 건네줄 생각이었다. 시나리오 초고도 며칠 전에 작성을 끝냈지만, 일부러 속을 긁으며 시간을 끌었다.

명훈이 이런 일을 벌인 이유는 간단했다.

수희가 좀처럼 자신을 우러러봐 주지 않았기 때문이었다.

드라마 제작이 논의될 정도의 작품을 썼고 대형 공모전 수상 경력까지 보유하게 되었지만 자신을 보는 수희의 눈빛엔 여전히 아무런 감흥도 없었다. 7년 전 대학 시절과 비교하면 조금도 달라진 것이 없었다.

'빌어먹을!'

생각 끝에 명훈은 핸드폰을 들고 다른 번호를 눌러 전화를 걸었다. 신호음이 몇 번 울린 끝에 넥션 마케팅 팀의 이 과장이 전화를 받았다.

—어, 명훈아. 안 그래도 내가 전화 넣으려고 했다.

"뭐야, 형? 이거 어떻게 된 거야?"

이 과장은 명훈과 친한 고등학교 선배였다.

애초에 넥션에서 게임 시나리오 작업을 하게 된 것도 이 선배의 추천 때문이었다. 수희가 자신에게 시나리오 좀 써달라고 애걸을 했다던 동창회에서의 말도 사실이 아닌 한낱 허세였다.

"수희가 갑자기 나더러 계약을 파기하자고 하네. 기획 팀이랑 혹시 뭐라도 얘기 있었어?"

—그게…… 언뜻 들었는데 다른 작가를 구한 것 같다.

명훈의 두 동공이 한계까지 확대되었다.

다른 작가를 구했다고? 하루가 채 지나지도 않은 이 짧은 사이에?

"누, 누구야? 그 작가가 누구냐고!"

명훈이 턱밑을 부들부들 떨며 소리치듯 물었다. 무슨 작품을 쓴 어떤 작가인지에 대한 의문보다 끝내 자신을 저버리고 다른 작가를 택한 수희를 향한 분노가 몇 배는 더했다.

—나도 아직은 잘 모르겠다. 우리 팀장이랑 얘기하러 나갔어. 알게 되면 말해줄게. 명훈아, 미안한데 일단 끊자. 나 회의 들어가야 된다.

전화가 끊어졌지만 명훈은 귓가에 댄 핸드폰을 쉽게 거둘 수가 없었다.

문득 측면의 전신거울로 시선이 갔다. 거울에 비춰지는 얼빠진 얼굴이 부숴 버리고 싶을 만큼 한심스럽게 느껴졌다.

"으아아아아!"

명훈은 외마디 비명을 지르며 전신거울을 옆으로 쓰러뜨렸다.

와장창!

산산조각이 난 거울 파편들이 명훈의 서재 곳곳으로 어지러이 흩어졌다. 근처 복도를 지나치고 있던 집사가 소리를 듣고 놀라서 뛰어왔다.

"도, 도련님. 괜찮으세요?"

씩씩거리며 선 명훈은 아무런 대답이 없었다.

집사는 가정부들을 불러 유리 조각들을 치우도록 시키고 명훈에게 조심스레 말했다.

"저기, 대표님으로부터 또 전화가 왔습니다. 오늘 10시까지 늦지 않도록 나오시라고 신신당부를 하셨어요."

"알고 있어요."

"그리고 7시에 시작하는 아가씨의 신작 시사회도 있고요. 아가씨께서 처음으로 주연을 맡으신 작품인 만큼 도련님께서도 꼭 참석을 하셔야 한다고……."

명훈이 두 눈을 부라리며 벌컥 성을 냈다.

"알고 있어요! 간다고요! 내가 철부지 꼬맙니까?! 뛰어가건 차를 끌건 택시를 잡건 알아서 갈 테니까 그만 좀 말해요!"

"죄, 죄송합니다. 도련님."

청소를 마친 가정부들과 집사가 부랴부랴 서재를 나섰다.

혼자 남은 명훈은 소파에 무너지듯 앉아 거친 숨을 몰아쉬었다. 원하는 여자 하나 갖는 게 이토록 어려운 일일 줄은 꿈에도 몰랐다.

BIG LIFE

-하재건 작가님, 이번에 대표님께서 작가님 드리라고 전복을 준비하셨어요. 생물이기도 하고, 제가 마침 근처에 용무도 있으니 직접 가져다 드려도 될까요?

스타북스의 소미로부터 온 메시지였다.

재건은 이제 막 택배로 받은 새 노트북 박스를 바닥에 내려놓고 즉시 답장을 보냈다.

-그래주시면 저야 감사하죠. 일 없으신데 일부러 오시는 것만 아니면 괜찮습니다.

-아니에요. 이따 오후에 갈 때 제가 전화를 드릴게요. *^^*

재건이 입가에 웃음을 머금었다. 단순한 이모티콘에서 소미의 건강하고 씩씩한 미소가 연상되고 있었다.

그저 얼굴을 마주하고 한마디 대화를 나누는 것만으로도 피로를 잊게 만드는 사람이 있다. 이제 소미도 재건에겐 그런 사람들 중 하나가 되어가고 있었다.

“자, 그럼 새 노트북을 개봉해 볼까? 리카, 이리 와봐.”

“야옹.”

창틀에 앉아 바깥을 내다보고 있던 리카가 뛰어내려 왔다. 웅크려 앉은 리카 앞에서 박스를 풀면서 재건은 설명을 늘어놓았다.

“무려 180만 원짜리 최신형 노트북이야. 저 낡은 노트북으로는 너무 불편했어. 일단 화면도 작고 글 쓰다가 막히는 부분 생기면 인터넷으로 정보도 검색해 보고 그래야 하는데 무슨 인터넷 창 띄우는 데만도 20초가 넘게 걸리고.”

열린 박스에서 은빛의 매끈한 노트북이 자태를 드러냈다. 디스플레이도 17인치로 서건우의 노트북보다 훨씬 컸다. 재건은 좋아서 실실 웃으며 어댑터를 연결하고 전원 버튼을 눌렀다.

"봤냐, 리카? 부팅 5초도 안 걸리는 거 봤어? 이게 스스디라는 거야. 정말 눈 한 번 감았다 뜨면 부팅이 되어 있다고."

"야옹?"

"180만 원이나 들었지만 괜찮아. 하루만 글을 써도 본전은 뽑을 테니까. 오늘부터는 새 노트북으로 새로운 시작이다."

재건은 새 노트북에 워드 프로그램을 설치한 다음, 수희가 보낸 기획서 메일을 받아 열었다. 오늘 해야 할 일은 게임 속 여성 캐릭터들 중 하나인 오수민과의 퀘스트를 만드는 것이었다.

"아, 좀처럼 안 써봐서 그런가. 영 오글거려 죽겠네."

실로 간만에 글을 쓰는 시작부터 난관에 봉착했다.

주인공과 오수민이 주유소에서 처음으로 만나는 장면이었다. 오수민이라는 여자의 입장이 되어 대사를 작성해야 하는데 영 간지러운 기분만 들고 감정 이입이 되질 않았다.

재건은 생각한 대사를 입으로 중얼거리며 일단 일을 시작해 보았다.

"으음…… 꺄앗, 죄송해요. 어머, 완전 잘생긴 오빠? 다치신 데 없어요? 우와아, 이거 오빠 차예요? 오빠 차 엄청 깨끈하다. 나 사실 좀 전에 부딪히면서 다리를 살짝 삐끗했는데, 히잉. 집까지 태워주면 안 돼요? 아흐흥…… 아, 씨발.

이건 아냐."

재건이 짜증스런 표정으로 작성한 대사를 삭제했다.

연애하는 소설을 써본 적이 없어서인지 쓰기가 무척 힘들었다. 몸에 깃든 서건우의 재능 혹은 영감으로도 해결이 되지 않는, 이른바 기본적인 감성 영역의 문제였다.

일단은 빨리 할 수 있는 것부터 하기로 마음을 돌렸다. 그는 여자 캐릭터의 대사 작성을 뒤로 미루고 퀘스트 장소의 배경에 대한 설명을 먼저 쓰기 시작했다.

타다닥……! 탁! 타다다닥! 타닥! 탁!

2시간쯤 부지런히 글을 쓰고 있을 때였다.

'뭐지, 이거……?'

재건이 고개를 갸웃거리며 잠시 키보드에서 손을 놓았다.

아무래도 느낌이 이상했다. 나온 글 자체에 문제는 없었다. 다만 키보드 위의 두 손이 머릿속의 사고를 따라가지 못하는 느낌이 내내 들고 있었던 것이다.

'2시간이나 지났는데, 아직도 여기까지밖에 못 썼어?'

재건은 워드 프로그램의 문서정보를 클릭했다. 여태껏 쓴 글자의 수가 5,000자밖에 되지 않는 걸 보고 그의 얼굴이 굳어들었다.

'왜 이러지……?!'

시간당 1만 자 이상의 글을 써내던 손이 말을 듣지 않고 있었다. 이 능력이 있기에 늦어도 오늘 저녁까지는 초고를 보내주겠다고 수희에게도 호언장담을 할 수 있었던 것이다.

'안 쓰던 방식의 글이라서 이런 건지도 몰라. 일단 조금 더 써보자.'

재건은 인내심을 가지고 다시 글을 쓰기 시작했다.

하지만 30분이 채 지나지 않아 창백해진 얼굴로 의자 등받이에 몸을 기댔다. 문서정보를 확인하지 않아도 이제는 똑똑히 알 수 있었다. 시간당 1만 자의 속도를 잃어버렸다.

'도대체 뭐야, 이거……!'

이 속도로는 8시까지 단 1분도 쉬지 않고 쓴다고 해도 마감을 지킬 수 있을지 확신이 서지 않았다. 불현듯 재건은 갑자기 한 가지 상념을 떠올리고 공포에 사로잡혔다.

'혹시 나…… 능력을 전부 잃어버린 거야?!'

여자 캐릭터의 대사를 작성하기 어려운 것도, 시간당 1만 자의 글을 쓰지 못하는 것도 전부 기적처럼 몸에 깃든 서건우의 힘을 잃어버렸기 때문이 아닐까. 재건은 양어깨를 늘어뜨린 채 온몸을 부들부들 떨었다. 과거의 자신으로 돌아간다고 생각하니 끔찍한 악몽이 아닐 수 없었다.

드르륵!

"헉!"

생각에 빠져 있던 재건은 평소 아무렇지도 않던 핸드폰의 진동에 경련마저 일으켰다. 화면 위로 소미의 이름이 떠오르고 있었다.

"여, 여보세요."

—하재건 작가님, 저 집 앞까지 왔어요. 바쁘실 텐데 죄송해요.

"아, 아니에요. 올라오세요. 문 열어드릴게요."

—네에.

재건의 기분을 모르는 소미의 목소리는 활기차기만 했다. 재건은 터덜터덜 현관으로 걸어가 문을 열었다. 두 손에 스티로폼 박스를 든 소미가 복도 저편에서부터 낑낑거리며 걸어오고 있었다.

재건이 황급히 다가가 박스를 받아 들었다.

"죄송해요. 제가 내려가서 받을걸."

"아니에요. 별로 무겁지 않았어요. 그럼 고생하세요, 작가님."

소미가 90도로 허리를 굽혀 인사하고는 돌아서려 했다. 재건이 재빨리 그녀의 등 뒤에 말을 걸었다.

"잠깐 들어오세요. 커피 한 잔 드릴게요."

"아, 괜찮아요. 작가님 바쁘실 텐데……."

"이대로 보내기가 제 마음이 불편해서 그래요. 사양 마시고요."

재건이 재차 권했다. 소미와 잠시라도 대화를 나누며 바닥난 기운을 되찾고 싶은 마음도 있었다. 이대로 혼자 있다가는 더욱 상태가 나빠질 것 같았다.

"그럼 잠시만 실례할게요."

소미가 재건의 원룸으로 들어와 신발을 벗고 올라섰다.

바로 그 순간.

리카의 두 눈이 눈부신 섬광을 한 차례 발하고 꺼져 드는 것을 재건과 소미는 보지 못했다. 리카의 왼쪽 눈에는 재건이, 그리고 오른쪽 눈에는 소미가 각각 투영되고 있었다.

"여기 앉으세요, 방석."

"앗, 감사합니다."

소미가 받은 방석을 바닥에 깔고는 양 무릎을 세우고 앉았다. 여전히 등에는 묵직한 가방을 메고 있어서 재건이 말했다.

"잠깐이라도 가방 푸시고 편히 계세요."

"아, 네네."

"커피 차갑게 해서 드릴까요?"

"네, 차갑게 주세요."

가방을 푸는 소미에게 리카가 천천히 다가왔다. 소미는 비로소 리카의 존재를 깨닫고 양반다리로 다리를 고쳐 앉으며 웃었다.

"야, 너 짱 예쁘다. 이름이 뭐니?"

"리카요."

"아, 이름이 리카구나? 아이, 귀여워. 귀엽네. 아, 지금 하재건 작가님께 반말한 게 아니라 리카랑 얘기하느라……."

"알아요."

재건이 말을 받으며 가볍게 웃었다.

소미는 멋쩍은 미소를 입가에 띄우고서 리카를 쓰다듬었다. 리카는 아예 소미의 다리 위로 올라와 몸을 눕히더니 두 발을 휘저으며 애교를 부렸다.

'엄청 따르네.'

재건은 커피를 타면서 의외란 눈으로 리카를 힐끗 쳐다보았다. 일전에 찾아왔던 수희보다도 소미를 더 따르는 눈치였다. 마치 전부터 알던 사이이기라도 한 것처럼.

"여기요."

"고맙습니다. 잘 마시겠습니다."

재건은 소미에게 냉커피를 건네주고 노트북 앞으로 돌아가 앉았다.

소미의 방문으로 한숨 돌릴 수 있었던 덕분일까. 재건은 조금이나마 여유롭고 차분해진 시선으로 화면의 배경 설정 초고를 바라보았다.

'내 능력이 사라진 건 아냐.'

자신이 쓴 퀘스트 배경 글을 훑어보며 재건은 확신했다.

서건우의 재능으로 추측되는 안목이나 영감은 여전히 자신의 머릿속에 그대로 남아 있었다. 쓴 글을 보면 알 수 있는 부분이었다.

그렇다면 여성 캐릭터의 대사를 작성하지 못하는 이유는?

이것은 역시 여성 특유의 감성이 부족한 탓이라고 결론을 내릴 수밖에 없었다.

'대선배님…… 혹시 선배님께서도 연애 경험이 전혀 없으셨던 겁니까?!'

재건은 까닭 모를 비애감을 느끼며 얼굴도 모르는 서건우에게 속으로 묻고 있었다.

여자의 입장에서 글을 쓴다는 것이 이토록 힘들 줄이야. 이럴 줄 알았다면 진즉 로맨스 소설 습작이라도 해보는 건데.

뒤늦은 후회가 한숨과 함께 바닥으로 떨어졌다. 더불어 시간당 1만 자를 쓰는 속도마저 잃어버렸으니 그야말로 이중고였다.

"야옹."

"앗, 리카. 어디 가?"

리카가 소미의 다리를 벗어나 자신의 집으로 슬그머니 들어갔다.

편안히 웅크리고 앉은 리카의 양쪽 동공에서 재건과 소미의 모습이 각각 또렷해지고 있었다.

"어어?!"

별안간 재건이 이마를 싸매고 두 눈을 부릅떴다.

머릿속으로 본래 자신의 것이 아닌 이질적인 감각이 스며들고 있었다.

그 기묘한 감각은 차차 전신으로 퍼져서 박동하는 심장으로까지 흘러들었다.

"이, 이건……?!"

"……작가님? 갑자기 왜 그러세요? 두통이신 거예요?"

"아, 아니요. 잠시만요."

재건이 한 손으로 이마를 싸맨 채 다른 손으로 소미를 제지했다. 소미는 엉거주춤하게 일어서려다 다시 방석에 몸을 앉혔다.

'뭐지? 이 싱그럽고 들뜬 기분은? 이건 내 감각이 아냐. 내가 느끼는 정서가 아니라고.'

색깔로 치면 연분홍빛.

계절로 치면 여름으로 들어서기 직전의 늦봄.

여성적인 감성이 온갖 풍경과 함께 머리 한구석에 충만해지고 있었다.

"야옹."

리카의 울음소리에 재건이 돌아보았다.

곧바로 재건의 안면 근육 전체가 경련을 일으켰다.

소미의 감성이 리카를 통해 자신에게 전해져 오고 있는 듯한 막연한 느낌이 휘몰아치고 있었다. 도저히 형용할 구석이 없는 신비로운 현상이었다.

'이건 그럼…… 소미 씨의 마음인가?'

리카를 바라보는 재건의 가슴이 콩닥콩닥 뛰었다.

심장의 박동이 평소와는 달랐다. 마치 통통 튀는 고무공처럼 가볍고 빠르게 뛰고 있었다.

소미가 리카를 볼 때 이렇게 가슴이 뛰었던 건가. 설명할 수 없는 현상 앞에서 재건은 반쯤 넋이 나간 채 움직일 줄을 모르고 있었다.

"하재건 작가님……. 정말 괜찮으신 거예요? 두통 맞으신 거죠? 집에 상비약이 없으시면 제가 약국에라도……."

"아니요, 괜찮아요."

재건이 일시에 자세를 가다듬고 노트북으로 돌아앉았다.

당장 시험을 해봐야 할 필요가 있었다. 그는 도저히 글이 뽑히지 않아 미뤄뒀던 여성 캐릭터 오수민의 대사 작성을 재개했다.

'이럴 수가!'

한 줄의 대사를 작성하자마자 감이 확 왔다.

오수민의 대사가 국수 뽑듯이 술술 나오고 있었다. 감정이입이 되지 않아 민망하기만 했던 기분은 거짓말처럼 사라지고 없었다.

“소미 씨, 실례지만 나이가 어떻게 되세요?”

재건이 노트북 화면에 시선을 박고서 물었다.

다소 뜬금없는 질문에 소미는 고개를 갸웃거리면서도 곧장 대답했다.

“아, 이제 22살이에요.”

“졸업하고 바로 취업하셨네요.”

“네, 맞아요. 졸업 전에 원서를 냈는데 운이 좋았어요.”

재건은 두 눈에 불을 켜고 타자를 두드렸다.

오수민의 대사가 빠른 속도로 화면을 채워갔다.

글을 쓴다기보다는 소미라는 금광으로부터 캐내고 있다는 감각이 강렬했다. 재건이 하는 일은 값진 원석을 보기 좋게 세공하는 것뿐이었다.

작년까지 대학생이었던 소미는 최적의 모델이었다. 심지어 두 여자는 나이도 비슷했다. 정소미라는 편집자의 감성으로 채워진 게임 캐릭터 오수민은 빠르게 얼개를 갖춰가고 있었다.

“후우…….”

문득 재건의 한쪽 귓불이 실룩였다.

아주 작았지만 소미의 한숨 소리를 들은 참이었다.

슬쩍 돌아보니 소미는 양 무릎을 세우고 앉아 자신의 종아리를 문지르는 중이었다.

비로소 재건은 뒤늦게 깨달았다. 후덥지근한 공기가 원룸 내부를 짓누르고 있다는 것을. 반바지 밑으로 소미의 맨다리는 온통 땀에 촉촉이 젖어 번들거리고 있었다.

"아, 죄송해요. 제가 정신이 없어서 깜박했어요."

재건이 튕기듯이 일어나 에어컨을 작동시켰다. 뒤이어 창문까지 닫는 그의 등에 대고 소미가 손사래를 치며 말했다.

"아, 아니에요, 작가님. 덥지 않아요. 저 때문에 괜히 에어컨 켜실 필요 없으세요. 그리고 어차피 이제 슬슬 가려던 참이었어요."

재건이 창문을 닫다 말고 멍해진 얼굴로 돌아보았다.

소미는 내려놓았던 가방을 도로 등에 짊어지고 있었다.

"가신…… 다고요?"

"네, 작업하시는데 너무 오래 방해해서 죄송했어요. 커피 잘 마셨습니다."

소미가 허리를 깊이 숙이며 사과했다. 방해는커녕 자신이 한 작가를 구원하고 있다는 사실을 꿈에도 모르고 있었다.

"싱크대 잠깐 실례해도 되죠? 제가 마신 컵 씻어놓고 갈게요."

"자, 자, 잠깐만요. 소미 씨."

재건은 다급해서 말도 제대로 나오지 않았다.

지금 이대로 소미를 보낼 수는 없었다. 적어도 오늘 저녁 안에 수희에게 보내야 할 오수민의 퀘스트 대화문 작성이 끝날 때까진 곁에 붙잡아 둬야만 했다.

"괜찮아요. 제가 씻을게요."

"컵 얘기가 아니고요."

"네? 그럼 무슨……?"

소미가 싱크대를 등지고 재건을 바라보았다.

재건은 멀거니 서서 뒷머리를 긁적이며 할 말을 고심하고 있었다.

드르륵!

주머니의 핸드폰이 울렸다.

꺼내 보니 수희로부터 온 메시지였다.

작업이 잘 되어가고 있냐는 질문조의 메시지였지만, 그 속에 숨은 뜻이 독촉이라는 것을 재건이 모를 리 없었다. 시간이 촉박한 수희의 초조한 심정이 짧은 메시지에서도 고스란히 드러나고 있었다.

재건은 핸드폰을 주머니에 넣고 소미를 쳐다보았다.

소미는 두 눈을 동그랗게 뜨고 대답을 기다리는 중이었다.

겨우 떠올린 한 가지 단어가 문장이 되어 재건의 입을 통해 흘러나왔다.

"소미 씨, 죄송하지만 저 통조림 좀 해주세요."

"통조림이요?"

소미가 미간을 좁히고 두 눈을 가늘게 떴다.

난데없는 재건의 말이 쉽게 이해되지 않았다.

"그 은어 모르시나요. 그, 작가들 통조림……."

재건이 말끝을 흐리고 눈으로 물었다.

멍하니 시선을 마주한 끝에 소미는 어렵사리 회식 자리에서 들었던 통조림이라는 표현을 떠올릴 수 있었다.

"설마 그 통조림을…… 말씀하시는 거예요?"

출판사의 새내기 직원인 소미도 통조림이 무엇인지 알고 있었다.

통조림이란 작가를 특정 장소에 묶어두고 글을 쓰게 하는 행위를 가리키는 은어였다.

마감이 코앞인데 글을 쓰지 못하는 작가로부터 들기름 짜내듯이 글을 쥐어짜 내는 것이다.

글이 나오지 않는 이유는 작가마다 다양하다.

천성이 게으르고 놀기 좋아하거나, 자신의 작품에 관해 지나치게 고민이 많거나, 아니면 마음이 약해서 혹평에 곧잘 좌절하는 나머지 정신 상태가 바닥이 되거나. 하여간 한두 가지가 아니어서 일일이 헤아리기도 힘들다.

데뷔하기 전의 재건은 통조림이란 말을 들었을 때 코웃음을 쳤었다. 설마 다 사람이 하는 일인데 진짜로 그렇게까지

강압적으로 글을 쓰게 시킬까 싶었던 것이다.

하지만 그것은 사실이었다.

두 번째 작품을 출간했을 때였다.

재건은 판매량이 좋지 않아 3권 원고를 2개월이나 부여잡고 끙끙대고 있었다. 그러던 와중에 당시에도 담당 편집자였던 태원으로부터 한 통의 전화를 받았다.

–하 작가님, 글 잘 안 풀리시죠? 날씨도 좋은데 나오셔서 저랑 점심이나 드시죠. 기분 전환도 하실 겸이요. 옷은 편안한 걸로 입고 나오시고요.

태원은 평소와 같은 살가운 어조로 말했었다.

편한 복장을 요구하는 것이 조금 의문이긴 했으나 재건은 대수롭게 생각하지 않고 약속 장소로 나갔다. 그리고 태원의 차에 올라타자마자 출판사 사무실로 끌려가 짬뽕밥으로 점심을 먹었다.

–옥상 가셔서 담배 한 대 피우시고 오세요.

식사를 마친 재건에게 태원이 한 말이었다. 집으로 가라는 소리가 아니었다. 흡연 후에 다시 돌아오라고 그는 분명히 말하고 있었다.

차츰 이상한 기분이 들기 시작한 재건의 시야 속으로 사무실 한구석의 풍경이 들어왔다.

칸막이를 덧댄 직사각형의 폭이 좁고 긴 방이었다.

휑한 방 안에 물건이라고는 컴퓨터와 책상, 그리고 1인용 접이식 침대뿐이었다. 벽의 절반이 유리창이어서 바깥에서 안이 훤히 들여다보이는 구조였다.

이른바 통조림 감옥.

그 기가 막힌 공간의 실체를 확인하는 순간이었다.

재건은 그날부터 일주일간 그 작은 방에서 살았다.

하루 3끼는 담당 편집자들과 함께 배달 음식으로 해결했다. 직원들이 퇴근하고 나면 공동 화장실 문을 잠그고 호스를 연결해 샤워를 했다.

먹고 잘 때 이외의 모든 시간은 오로지 글을 쓰는 데에만 투자했다. 마감을 하는 것만이 이 감방에서 탈출할 수 있는 유일한 길이기에 진정으로 사력을 다했다.

그때 재건은 깨달았다.

도저히 나오지 않을 것 같은 글도 쥐어짜면 나올 수 있다는 진리를.

등 뒤로 꽂혀드는 편집자들의 시선 때문에 뭐라도 쓰지 않고는 배길 수가 없었다. 정 생각이 나지 않을 땐 애국가라도 1절부터 4절까지 두들기며 버티곤 했다. 덕분에 재건은 일주일 만에 원고를 넘기고 폐인이 되어서야 귀가할 수 있었던 것이다.

"제가 지금 정말 중요한 글을 빨리 써내야 해서 그러거든요. 자처해서 통조림을 원하는 작가는 거의 없을 테니 이런 제가 이상하게 보일지도 모르겠지만, 솔직히 소미 씨가 옆에서 봐주고 있다고 생각하니까 글이 잘 나오기 시작하더라고요."

재건은 소미를 가로막듯이 서서 말을 줄줄이 늘어놓았다.

오해하지 않도록 붙잡아 둘 핑계가 통조림밖에 없었다.

리카를 통해서 소미의 감성을 공유하고 있다. 그녀의 감성이 사라지면 오수민의 대사를 완벽하게 작성할 수 없게 되고 만다.

"제가 드리는 말씀 이해하실 수 있죠?"

"네? 네, 작가님…… 알아들었어요."

소미가 곤혹스러운 듯이 입술을 살짝 깨물었다.

재건은 절박함으로 속이 타서 다급히 말을 이었다.

"길게도 부탁드리지 않겠습니다. 가능한 시간만큼이라도 계셔주세요. 전 확실히 옆에 편집자의 눈이 있어야 글이 빨리 나오는 성향인 것 같아요."

"하지만 그동안 지존록 시리즈 원고 보내주신 거 보면 충분히 빠르신 것 같은데요."

"그것들은 사실 죄다 옛날에 써둔 겁니다."

재건이 잘라 말했다. 소미가 머뭇거리는 기색으로 자신의 발등을 내려다보았다. 이윽고 핸드폰으로 시간을 확인하더니 그녀는 고개를 들었다.

"2시간에서 3시간 정도는……."

"정말로요?"

재건이 두 눈을 한껏 치켜떴다. 기대한 것보다 훨씬 긴 시간이었다. 소미는 머쓱하게 웃으며 고개를 끄덕였다.

"앞선 일이 빨리 끝나서 다음 일정까지 여유가 있어요. 끝내기 전에 사무실로 복귀할 필요 없다고 하셔서, 어디 카페에서 원고 편집이나 하고 있을 생각이었거든요."

"여기서 하세요. 와이파이 빵빵 터지니까."

"그래도 될까요?"

"당연히 되죠. 책상 여기 쓰시고 냉장고에 콜라랑 주스랑 있고 과자도 몇 개 있으니까 마음대로 꺼내 드세요."

재건은 부랴부랴 소미의 작업 환경을 조성해 주었다.

소미는 책상 앞에 다소곳이 앉아 가방의 지퍼를 열었다. 어디서건 작업을 할 수 있도록 항시 노트북을 가지고 다니는 그녀였다.

'엉뚱한 사람이야.'

노트북을 꺼내놓으며 소미는 생각했다.

선물을 전달하러 온 편집자에게 난데없이 통조림을 부탁하다니.

편집자 생활을 시작한 지 그리 오래된 건 아니지만 어쨌든 이런 작가는 처음이었다. 앞으로도 다시는 없을 것 같았다.

그런데 이상하게 웃음이 났다.

난데없이 통조림이라는 황당한 부탁을 한 재건이란 남자가 전혀 부담스럽지 않았다. 처음 들어오는 그의 방도 여러 번 왔던 공간인 것처럼 편안했다.

탁! 타닥! 타다다닥! 타닥! 탁!

재건은 벌써 타자를 두드리며 집중해서 글을 쓰고 있었다.

기운찬 타자 소리에 덩달아 기운이 샘솟은 소미도 편집 작업을 시작했다.

'좋아, 이대로 좋아. 첫 대면은 끝냈고 다음은 편의점에서의 데이트다!'

재건은 소미의 힘을 등에 업고 미친 듯이 오수민의 대사를 작성해 나갔다.

시간당 1만 자를 쓰는 속도를 잃어버린 상태지만 이 순간만큼은 아무래도 좋았다. 막힘없이 뽑혀져 나오는 글은 계속해서 화면을 채워가고 있었다.

드르륵! 드르륵!

침대에 던져 둔 재건의 핸드폰이 몇 번이나 몸을 떨었다.

이불 사이에 파묻힌 데다 작업에 열중한 나머지 재건은 그 소리를 전혀 듣지 못하고 있었다.

"저기, 작가님."

2시간이 지났을 무렵 소미가 넌지시 말을 꺼냈다.

"네, 말씀하세요."

"권태원 편집장님께서 메시지 주셨는데요. 다음 주에 스타북스 작가 모임이 있는데, 하 작가님도 꼭 오셔야 한다고 하시네요."

"작가 모임이라…… 갈게요."

재건은 길게 고민하지 않고 수락했다. 여전히 두 눈은 모니터 화면에 들이박다시피 하고 있었다.

예전에도 여러 번 태원으로부터 작가 모임 초청을 받았었다. 하지만 한 번도 응하지 않았다. 팔리지 않는 작가로서의 열등감 때문이었다. 잘나가는 작가들 사이에서 주눅이 들어 소주만 연거푸 들이켤 자신을 생각하면 도저히 참석할 수가 없었다.

"무조건 간다고 전해 주세요."

재건이 또렷하게 말을 덧붙였다.

이제는 상황이 완전히 달라졌다. 떠오르는 중고 신인이자 다크호스인 자신이 작가 모임 참석을 꺼려할 이유가 하등 없었다.

"후우, 배고프네. 소미 씨, 식사 안 하실래요?"

재건이 의자를 빙글 돌려 앉으며 물었다. 아침부터 제대로 먹은 것이 없어서 배가 몹시 고팠다.

“아, 저도 조금 고프긴 해요. 뭐 중국집에서라도 시켜먹을까요?”

“그게 편하긴 한데, 시켜먹은 적이 없어서…….”

“제가 검색해 볼게요. 으음, 근처에 많이 있네요. 작가님, 뭘로 시킬까요?”

“저 간짜장이요. 소미 씨는 비싼 걸로 시키세요. 제가 쏩니다.”

“알겠어요. 아주 비싼 거 먹을게요.”

소미가 웃음을 머금은 얼굴로 중국집에 전화를 걸었다. 비싼 걸 먹겠다던 그녀가 주문한 것은 재건과 같은 간짜장이었다. 주소까지 전부 불러주고 나서 그녀는 전화를 끊었다.

“10분이면 온대요.”

“중국집들은 대체로 빠르니까요.”

재건은 말을 받으며 커피를 타려고 일어섰다.

전원을 켠 포트에서 물이 끓기까지는 1분이 채 걸리지 않았다. 끓는 물을 컵에 붓기가 무섭게 현관 밖에서 ‘딩동’ 하고 초인종이 울렸다.

“이건 너무 빠른데? 간짜장을 미리 만들어 두나?”

재건이 고개를 갸웃거리며 현관으로 가 문을 열었다. 그러나 문 앞에 서 있는 사람은 철가방을 든 배달원이 아니었다.

"어? 수희야."

뜨거운 태양을 등지고 선 수희가 멋쩍게 웃었다. 손에는 포장된 초밥이 든 종이봉투를 들고 있었다.

"전화했는데 안 받더라."

"아, 그래? 작업하느라 핸드폰을 못 봤나 봐."

"회사 업무로 볼일이 있어서 근처를 지나던 길이었거든. 일하느라 아직 밥 안 먹었을 것 같아서……."

수희가 말끝을 흐리며 종이봉투를 들어 보였다. 재건은 어쩐지 난감한 심정이 되었다. 방에 있는 소미와 주문한 간짜장이 한꺼번에 생각났다.

"어?"

문득 수희가 시선을 내리깔았다. 전에는 없었던 분홍색의 운동화가 가지런히 놓여 있었다. 작은 사이즈여서 한눈에도 여자의 신발이라는 걸 알 수 있었다.

"집에 손님 오셨구나."

수희가 그렇게 말한 순간.

재건의 등 뒤로 소미가 모습을 드러냈다. 서로의 정체를 알지 못하는 두 여자는 뭐라고 인사도 할 수가 없어서 멀거니 입을 다물고만 있었다.

재건이 양쪽을 번갈아 가며 설명했다.

"아, 이쪽은 내 소설 나오는 출판사 편집자 정소미 씨야.

그리고 소미 씨, 이쪽은 제 대학 동기 이수희라고 해요. 게임 회사 팀장이고 제가 쓰는 게임 시나리오도 수희한테 받은 거예요."

"아, 네. 안녕하세요. 정소미라고 합니다."

"……안녕하세요."

허리를 깊이 숙이며 인사하는 소미와 달리, 수희는 가볍게 고개를 까닥이며 나직이 대꾸했다.

"일단 들어와."

"응."

수희는 구두를 벗고 방 안으로 들어섰다.

두 개의 책상과 두 개의 노트북이 보였다. 하나는 재건의 것이고 또 하나는 소미의 것이다. 방 안에 흐르는 분위기를 보니 잠깐도 아니고 꽤 오랜 시간을 함께 있었던 듯했다.

'이상해.'

수희는 이해가 가지 않았다.

재건이 지금 쓰는 것은 자신이 맡긴 게임 시나리오다. 전혀 관계도 없는 글을 쓰는 중인데 왜 함께 있는 걸까. 작가와 편집자보다는 남자와 여자의 조합이 먼저 떠오르는 수희였다.

"여기 앉아."

재건이 밥상의 다리를 하나하나 펼치며 말했다.

"사실 간짜장 두 그릇 시켰어."

"아, 그래? 그럼 괜히 사왔나 봐."

"아니야, 나 초밥 잘 먹어. 어차피 간짜장 하나로는 모자라. 너도 뭐 하나 시켜줄까? 지금 전화해서 추가하면 될 텐데."

"괜찮아. 나는 먹고 왔어."

수희는 거짓말을 했다. 재건과 함께 먹을 생각으로 사온 초밥도 2인분이었다. 처음 보는 낯선 사람이 섞인 자리에서 밥을 먹고 싶은 생각이 들지 않았다.

"일은 잘돼?"

"어, 잘되고 있어. 두 시간 정도만 더 쓰면 오수민 퀘스트는 끝낼 수 있을 거 같아. 편집자의 눈이 있으니까 능률이 좋아."

재건이 소미에게 힐끗 눈길을 주며 웃었다. 수희는 민망한 듯 쓴웃음을 짓는 소미를 바라보며 질문을 이었다.

"재건이 작품 원고 기다리시는 건가요?"

"아니요, 하 작가님 작품 원고는 다 받았어요."

"그러면 무슨 일로……?"

대답할 거리가 난처한 소미 대신 재건이 말을 받았다.

"내가 통조림 좀 시켜달라고 부탁했어."

"통조림?"

"어, 난 편집자가 곁에서 지켜봐 주면 글이 잘 나오는 성격이라서. 소미 씨는 출판사에서 나온 선물만 전달하고 가실 예정이었는데 내가 붙잡은 거야."

"그랬구나."

수희는 비스듬히 모로 뺀은 다리를 고쳐 앉으며 담담한 척 고개를 끄덕였다. 석연치 않은 기분은 사라지지 않았지만 더 묻기도 애매했기에, 그녀는 화제를 전환했다.

"다음 주에 한혜선 교수님 생신이신데, 알아?"

"아, 벌써 다음 주였나. 알지."

한혜선은 대학 시절 현대 소설을 가르쳤던 교수였다. 재건을 비롯해 많은 동기가 그녀를 존경하고 있었다. 언제나 전력을 다해서 학생들을 가르치는 훌륭한 스승이었다.

학생들이 습작을 들고 찾아가면 강의 외의 시간에도 마다하는 일이 없었다. 문장 하나하나 정성껏 첨삭하고 지도했다. 그런 그녀이기에 졸업하고 한참이 지난 아직까지도 여러 학생들이 찾아가곤 했다.

"같이 갈래? 토요일 저녁인데."

"음, 토요일?"

"너도 한 교수님 좋아했었잖아. 같이 가자. 정진이도 부르고."

"그래, 알았어. 가자."

재건이 흔쾌하게 대답했다. 그러자 가만히 곁에 앉아 있던 소미가 작은 목소리로 물었다.

"토요일 저녁이요?"

"네? 왜요?"

"다름이 아니라…… 작가 모임이 토요일 저녁이거든요."

"아, 진짜요?"

재건은 난처해져서 입을 반쯤 벌렸다. 무조건 참석하겠다고 의사를 밝힌 작가 모임도 같은 날이었다니.

가늘어진 수희의 두 눈이 빛을 발하고 있었다. 하지만 그녀는 이내 평소의 태연한 표정으로 되돌아와 재건을 보며 부드럽게 말했다.

"작가 모임이라면 출판사에서 주최하는 거지? 반드시 참석해야 하는 성격의 행사가 아니면 나랑 같이 가자. 교수님 생신은 매년 한 번뿐이잖아."

재건이 뭐라고 대답하기도 전에 소미가 먼저 말을 받았다.

"작가 모임도 그렇게 자주 열리는 편은 아니에요. 그리고 저희 스타북스 출판사는 하재건 작가님이 꼭 참석하시길 바라고 있어요. 좋은 글 써주시고 계시니까 하 작가님이 참석하시면 자리가 훨씬 빛날 거예요."

조심스러운 말투이면서도 할 말은 모조리 하는 소미였다.

수희는 소미를 지그시 바라보며 고개를 갸웃거렸다.

"출판사 소속 작가들이 한두 사람도 아닐 텐데요. 재건이가 빠진다고 별다른 문제가 있을까요?"

"그런 이유가 아니에요. 다른 작가님들도 하 작가님 무척

보고 싶어 하실 거예요. 말씀드렸다시피 요즘 무척 좋은 글을 써주시고 계시니까요."

"어쨌든 재건이가 선택하겠죠? 말도 제가 먼저 했고."

"어머, 모르셨군요. 수희 씨 오시기 전에 저랑 이미 선약을 하셨어요. 작가 모임에 오시기로."

두 여자는 어디까지나 웃으면서 대화를 주고받고 있었다. 하지만 부딪친 시선에서 불꽃이 탁탁 튀고 있음을 재건은 똑똑히 느낄 수 있었다.

'이거 뭐지? 소미 씨도 조금 울컥한 건가?'

리카를 통해 전해져 오는 소미의 감성이 거칠어지고 있었다. 싱그러웠던 봄날이 한껏 흐려지더니 천둥번개라도 치려는 듯 음울한 풍경으로 뒤바뀌고 있었다.

딩동!

배달원의 초인종 소리가 재건에게는 구원의 종소리로 들렸다. 그는 튕기듯이 일어나 지갑을 들고 현관으로 가 문을 열었다.

"간짜장 둘 맞으시죠?"

"네, 맞아요. 여기요."

재건은 돈을 건네고 간짜장을 식탁으로 날랐다. 각자 다른 곳에 시선을 두고 앉은 수희와 소미 사이의 공기가 싸늘해져 있었다.

"소미 씨, 드세요. 수희야, 너도 조금 안 먹을래?"

"나 정말 배불러. 신경 쓰지 말고 맛있게 먹어."

식사가 끝나는 동안 누구도 말 한마디 없었다. 수희는 창가 쪽으로 가서 커피만 홀짝이고 있었다.

'아, 체할 거 같다 진짜.'

간짜장과 초밥까지 전부 먹고 난 재건은 더부룩한 속을 어루만지며 일어섰다. 단순히 많이 먹었다는 이유만으로 체기가 느껴지는 건 아닌 것 같았다.

"맛있게 먹었습니다. 전 그럼 이만 가 볼게요."

식사를 마친 소미가 자리에서 일어서고 있었다.

재건은 더 붙잡을 수가 없었다. 그릇을 내다놓을 겸 현관 앞까지 소미를 배웅했다.

"오늘 정말 고마웠어요."

"그냥 옆에서 제 일만 했을 뿐인데요. 맛있는 식사도 얻어 먹었으니 고마운 건 저죠. 그럼 또 봬요, 작가님."

"조심히 가세요."

재건은 소미를 보내고 방으로 돌아왔다. 수희는 여전히 등을 보이고 창가에 서서 커피 잔만 매만지는 중이었다.

'수희하고는 연결이 안 되는 건가.'

무슨 영문인지 수희로부터는 그 어떤 감성도 전해져 오지 않고 있었다. 매개체인 리카가 거부하고 있는지도 모르겠다는 생각이 들었다.

'어쩔 수 없네. 얼마 남지 않았으니까 지금까지 작성한 것들을 토대로 써 봐야지.'

재건은 자신의 자리에 앉아 노트북에 두 손을 올렸다.

작업을 재개하려는 찰나, 그는 의문이 들어 수희를 돌아보며 넌지시 물었다.

"괜찮아? 회사 안 들어가도 돼?"

"나 팀장이야. 꼭 회사에 묶여 있지 않아도 돼. 오늘은 회의도 없고."

돌아선 수희가 미소를 머금은 얼굴로 말을 이었다.

"나도 너 통조림 해줄게."

"뭐?"

"게임 시나리오 완성까지 곁에서 지켜봐 준다는 말이야. 그래야 글이 잘 나오는 성격이라면서? 여러 번 말했지만 나도 무척 급하니까."

"아, 으음……. 그래."

"싫으니?"

"아니, 아니야."

"얼마나 걸릴 것 같아?"

"음, 앞으로 3시간은 더 있어야 하지 않을까."

대답하는 재건의 무릎 위로 리카가 올라와 몸을 웅크렸다.

재건은 애교를 부리는 리카의 목덜미를 쓰다듬었다. 무심코 던진 시선은 서건우의 낡고 오래된 책상 구석의 노트북에 머무르고 있었다.

'……혹시?!'

한 가지 상념이 번개처럼 재건의 뇌리를 스쳐갔다.

당장 오늘 내로 끝내야 할 게임 시나리오 때문에 마음이 다급해서 전혀 생각을 하지 못하고 있었던 것이다.

지금까지 재건은 서건우의 능력이 자신의 몸에 직접 주입된 것으로만 막연히 생각해 왔다. 그런데 오늘 리카를 통해서 소미의 감성을 공유하는 새로운 기적을 실감했다.

덕분에 떠오른 생각이었다. 어쩌면 시간당 1만 자를 써낼 수 있는 힘은 노트북에 들어 있었던 것이 아닐까?

'설마, 기계에 그런 힘이 있다고? 아니, 속단할 건 아니지. 이미 내게 일어난 모든 일이 말도 안 되는 것들뿐인데.'

재건은 새 노트북을 옆으로 밀어내고 서건우의 오래된 노트북의 전원을 켰다. 수희가 의아한 얼굴로 물었다.

"갑자기 왜 노트북을 바꿔? 되게 오래된 것 같은데?"

"역시 원래 쓰던 게 손에 익는다는 생각이 들어서."

재건은 에둘러 말하고 문서 파일을 서건우의 노트북으로 옮겨 열었다. 그리고 수희가 지켜보는 가운데 작업을 시작했다.

타다닥! 탁 타닥! 타다다다다다다닥! 타다닥!

'이거였어!'

키보드 위를 날아다니는 손가락이 보이지 않을 정도였다.

타자를 두드리자마자 확신할 수 있었다. 시간당 1만 자를 써낼 수 있었던 것은 서건우의 노트북 덕분이었다. 머리에 직접 들어온 서건우의 재능과는 별개였다.

"엄청나다……! 재건이 너 원래 이렇게 빠르니?"

수희는 찢어져라 입을 벌린 채 경악하고 있었다.

기존의 문서를 필사하는 것도 아니고 완전히 새로운 글을 창작하는 중이다. 그런데 이토록 빠를 수가 있다니.

"잠깐만 기다려. 1시간이면 끝낼 수 있을 것 같으니까."

"그, 그래."

재건은 자신이 말한 바를 완벽하게 이행했다. 1시간이 채 되지 않아 작업을 끝낸 그는 의자에서 일어서며 수희에게 말했다.

"한번 훑어봐, 어떤지."

수희는 반신반의한 기분으로 재건의 의자에 앉아 문서를 읽기 시작했다. 금세 빠져든 그녀의 표정에 웃음꽃이 피어나고 있었다. 더할 나위 없이 명확한 내용에 재미까지 넘쳤다.

"재미있어."

여전히 화면에 눈을 박은 채 수희가 말했다.

"이거면 충분해. 정말 대단하다. 너 작업하는 거 옆에서 직접 보는 거 참 오랜만인데, 이렇게 완성도 높은 글을, 어쩜……. 오늘 또 한 번 다시 봤어, 재건아."

"너무 띄우지 마."

"띄우는 거 아니야. 다행이다. 덕분에 급한 불은 완전히 껐어. 잠깐 메일로 좀 보내고."

수희는 자신의 메일로 재건의 작업물을 보낸 다음 일어섰다. 재건이 작업을 마쳤으니 이제는 회사로 돌아가서 해야 할 일이 생긴 셈이었다.

구두를 신으며 수희가 농담조로 말했다.

"나랑 같이 있기 엄청 싫었구나? 이렇게 빨리 써내는 걸 보면."

"무슨 소리야. 네가 지켜봐 주니까 집중력이 향상된 것뿐이야. 너 원래 대학 때도 내 글 곧잘 봐 주고 그랬잖아."

"말은 잘해요. 아무튼 고마워. 아, 그리고."

문을 나서다 말고 수희가 돌아보았다.

"올 거지? 교수님 생신."

"아, 으음……."

"전화해. 알았지?"

수희는 확답을 재촉하지 않고 그 정도 선에서 말을 끝냈다. 재건이 고개를 끄덕이자 그녀는 마지막으로 환히 웃고는 복도 너머로 멀어져 갔다.

"후우."

리카와 단둘이 남은 방에서 재건은 한껏 기지개를 켰다. 반나절 내내 속을 졸이며 긴장했던 탓인지 기력이 바닥이었다.

'하지만 아직 쉴 수는 없지.'

재건은 두 눈을 빛내며 걸음을 내디뎠다. 당장 확인해야 할 일이 있었다. 머그컵과 뿔테 안경, 그리고 만년필이 하나씩 그의 손에 잡혔다. 모두 서건우의 노트북과 함께 들어 있었던 유품이었다.

6장
더욱 환호하라

‘하나씩 확인해 보자.’

노트북과 리카가 지닌 고유 능력을 알게 되니 모두 확인해야겠다는 생각이 들었다. 생전 서건우의 갖가지 재능 혹은 자질이라고 부를 수 있는 것이 다른 유품들에도 깃들어 있을지 모르는 일이다.

‘일단 만년필.’

재건은 만년필을 쥐고 메모장을 펼쳤다. 무엇을 쓸까 잠시 고민한 끝에 자신의 이름 석 자를 적었다.

‘뭐지.’

아무런 일도 일어나지 않았다.

문장을 적어야 하는 건가 싶어서 이번엔 애국가 1절을 쭉

적었다. 그러나 다 적고 마침표를 찍을 때까지 아무런 일도 일어나지 않았다.

'모르겠다. 이건 나중에 더 알아보기로 하고.'

재건은 만년필을 밀어두고 다음 순번인 뿔테 안경을 들었다.

사이즈는 딱 맞았고 도수도 없는 안경이었다. 시력이 좋아서 평생 안경을 쓴 적이 없던 재건은 느낌이 조금 어색했다.

'이것도 별건 없는 것 같은데.'

재건은 창가로 가서 문을 열고 바깥을 내다보았다.

뿔테 안경을 통해 보이는 세상은 변함없이 그대로였다. 사물이 다르게 보이거나 보이지 않던 것들이 생겨났다거나 하는 신비로운 일은 일어나지 않았다.

'글을 읽어볼까.'

생각이 책으로 미친 재건은 노트북 앞에 앉아 현대지존록 원고 파일을 열었다. 그리고 스크롤을 내려가면서 자신이 쓴 글을 읽기 시작했다.

"어? 뭐지?"

안경 너머에서 재건의 두 눈이 경악으로 꿈틀거렸다.

읽은 지 1분이 채 지나지 않았는데, 책 한 권 분량의 문서가 벌써 3분의 1 이상을 넘어가고 있었던 것이다.

"내가 쓴 글이라서 이렇게 빨리 읽히나?"

재건은 책장으로 가서 손에 잡히는 책을 뽑아 들었다.

대학 시절 교재로 사용했던 '한국 문학 강의'였다.

글씨는 작고 페이지는 많아서 오랜 시간을 공들여 읽고 공부했던 책이었다.

재건은 선 자세로 책의 첫 장을 펼쳤다.

머리말이 끝나고 본문 제1장이 나왔다. 무수한 단어와 문장들이 떠올라 두 눈으로 파고들었다. 손가락은 쉴 새 없이 페이지를 넘기고 있었다.

"뭐야, 이건!"

책의 마지막 장을 눈앞에 두고 재건은 새파랗게 질려서 중얼거렸다.

시간으로 치면 끽해야 5분 남짓이었다. 이 짧은 사이에 이토록 두꺼운 책을 모조리 읽어버린 것이다.

재건은 또 다른 소설책을 꺼내 들어 시험 삼아 읽어보았다. 결과는 마찬가지였다. 오히려 이번엔 더 빨라서 3분이 조금 넘게 걸려 책 한 권을 모조리 읽었다.

더불어 또 하나의 독특한 현상이 발견되었다.

책을 읽는 동안 문단 곳곳에서 굵게 돋보이는 글자들이 있었다. 신중하게 살펴본 결과 오탈자와 잘못된 비문들이었다.

'비문이…… 보여? 안경을 쓴 것만으로?'

재건의 심장이 쿵쿵 뛰었다.

이 뿔테 안경은 한마디로 편집자의 눈이었다. 엄청난 속독 기능에 오탈자 및 비문을 모조리 잡아내는 능력까지 갖추고 있었다. 퇴고할 때 이 안경을 쓰면 작업 능률이 몇십 배, 아니, 몇백 배는 상승할 터였다.

'이제 남은 건…… 머그컵인가?'

싱크대로 가서 회색 머그컵을 손에 잡은 순간 막연히 떠오르는 기억이 있었다.

머리가 아닌 몸에 남은 상쾌한 기억이었다. 인스턴트커피를 뜯어 넣으면서 재건은 이미 답을 알아버린 것 같은 기분을 느꼈다.

재건은 빨리 마시고 확인할 심산으로 차갑게 커피를 탔다. 그리고 목젖을 울리며 꿀꺽꿀꺽 단숨에 한 컵의 커피를 마셔버렸다.

'피로가 사라졌어……!'

피로로 축 늘어져 있던 전신에서 기운이 샘솟고 있었다.

마치 10시간 이상을 푹 잔 것처럼 온몸이 개운하기 그지없었다.

재건은 비로소 확신할 수 있게 됐다. 이 머그컵으로 무엇인가를 마시면 순식간에 활력을 되찾을 수 있다고.

'바닥이 하얗게 변했어? 원래 회색이었잖아?'

전에는 그다지 관심이 없어 보지 못했던 부분이었다. 회색 머그컵의 바닥면이 새하얘져 있었다. 커피를 타기 전까지만 해도 분명히 회색이었다.

재건은 컵을 내려놓고 가만히 바닥을 들여다보았다.

잠시 후, 바닥의 중앙에서부터 회색의 점 하나가 천천히 피어났다. 인내심을 갖고 들여다보고 있으려니 회색의 점은 아주 느린 속도로 커지고 있었다. 본래대로 바닥 전체가 회색이 되려면 한참의 시간이 더 걸릴 듯했다.

'색이 원래대로 돌아와야 또 마셔도 효과를 볼 수 있는 건가.'

당장은 더 추측할 길이 없었다. 조만간 정진이든 수희든 소미든 누군가가 방문하면 그때 시험을 해봐야 할 것 같았다.

재건은 개수대에 머그컵을 내려놓고 작업용 책상으로 돌아와 앉았다. 키보드 위로 올라간 두 손은 서건우의 유품들에 대해 기록하고 있었다.

1. 노트북 – 시간당 1만 자 이상의 글을 써낼 수 있는 능력 부여.
2. 만년필 – 아직 확인 중.
3. 뿔테 안경 – 3~5분에 책 1권을 읽을 수 있는 속독 능력, 오탈자 및 비문 감지 능력.
4. 머그컵 – 무엇인가를 마시면 피로가 사라지고 숙면한 것처럼 체력이 회복.

5. 리카 - 리카 스스로가 매개체가 되어 다른 사람의 감성을 내게 전달해 줌. 소미 씨는 됐는데 수희와는 되지 않았던 걸 보면 달리 기준이 있는 듯. 아직은 불명.

리카 항목까지 타자를 두드리고 난 재건은 잠시 손가락을 멈췄다. 그러다 한 가지를 더 생각하고는 한 줄의 문장을 추가로 작성했다.

6. 하재건 - 위대한 작가의 재능을 물려받았음.

자신이 작성한 문장을 읽으며 재건은 피식 웃었다.

창밖으로 서건우의 무덤가가 자리한 야산의 풍경이 비치고 있었다. 할 일이 떠오른 재건은 자리에서 일어서며 리카에게 말을 걸었다.

"선배님 집 청소 좀 해드리러 갈 건데, 같이 갈래?"

"야옹."

리카가 마치 바로 알아들었다는 듯이 꼬리를 말아 올리며 다가왔다. 재건은 리카를 들어 품에 안고 현관으로 가서 신발을 신었다.

"일단 마트부터 가자. 무덤 손볼 제초 가위도 하나 사야겠고. 기왕 청소하는 김에 약주도 한 잔 따라 드려야지. 오십세

주 만들어드리면 좋아하시겠지?"

재건은 리카에게 연신 말을 걸며 힘차게 걸음을 내디뎠다.

이제 세상 그 무엇도 두렵지 않았다. 어떤 고난이 닥쳐올지라도 능히 이겨낼 수 있으리라는 자신감이 온몸에 흘러넘치고 있었다.

BIG LIFE

"야, 이 자식아! 운전 똑바로 안 해!"

운전자의 거친 고함이 명훈의 귀에는 들려오지도 않았다.

명훈은 자신의 스포츠카를 몰고 도심의 도로를 질주하고 있었다.

집에서 출발한 이후 평균 속도는 줄곧 100㎞ 이상. 목적지는 수희가 있는 게임 회사 넥션이었다.

"작가 이름이 하재건이라더라. 무협이랑 판타지 소설 몇 질 낸 작가인가 봐. 언뜻 들으니 이수희 팀장이랑 동기라던데, 그럼 명훈이 너하고도 동기 아니냐?"

고등학교 선배이자 넥션 마케팅 팀 소속이기도 한 이 과장으로부터 들은 말이었다.

전화로 이 얘길 듣자마자 울화가 머리끝까지 솟구친 명훈은 폭주하다시피 해서 수희를 찾아가는 중이었다.

'이런 거지같은 일이……! 감히 이 오명훈을 밀어내고 수상 경력 하나 없는 그 형편없는 자식을 시나리오 라이터로 기용해?! 이게 말이야, 짖는 거야!'

자기 대신 다른 작가를 기용했다는 얘기만으로도 정신이 돌아버리는 줄 알았다. 그런데 하필이면 또 하재건이라니. 명훈은 어찌나 화가 나는지 위아래 이까지 부서지도록 딱딱 맞부딪치고 있는 중이었다. 보이는 모든 것을 부숴 버리고 싶은 심정이었다.

끼이익!

빌딩 주차장에 차를 세우자마자 명훈은 엘리베이터를 향해 내달렸다.

거칠어진 숨이 목젖까지 차올랐다. 양어깨가 들썩이도록 숨을 몰아쉬면서 그는 엘리베이터의 버튼을 눌렀다.

"무슨 일로 오셨습니까?"

안내데스크의 여직원이 명훈을 맞았다.

명훈은 어깨 뒤로 넘어간 넥타이를 고칠 생각도 없이 그녀에게 다가가 다짜고짜 말했다.

"이수희 불러요."

"네?"

"이수희! 기획 팀장 이수희 불러 달라고!"

명훈이 데스크를 주먹으로 쾅 하고 내리찍었다.

여직원은 겁에 질려 창백해진 안색으로 한 걸음 물러서고 있었다.

바로 그때.

"이게 무슨 행패야?"

명훈의 두 눈이 한껏 부릅떠졌다. 그는 경직된 안면에서 양 광대만을 부르르 떨며 목소리가 난 쪽을 돌아보았다. 서류철을 가슴에 품고 선 수희가 보였다.

"여기 너희 집 아니고 회사야. 대뜸 찾아와서 무슨 난리를 피우는 거야? 더 이상 용무도 없는 사람이."

"그러니까 왜 전화 안 받아서 사람을 찾아오게 만들어!"

명훈이 두 눈을 부라리며 소리쳤다.

그늘이 드리워진 수희의 표정이 한결 차가워졌다.

"경찰 부르고 싶지 않으니까 목소리 줄여."

"뭐? 경찰?"

"나가서 얘기해."

수희가 출입문 개폐 버튼을 누르고 한발 먼저 나섰다.

명훈은 이글거리는 눈초리로 노려본 끝에 성큼성큼 그녀의 뒤를 쫓았다.

한시도 멈추지 않고 걸음을 재촉해서 도착한 곳은 건물 내

복도 끝에 자리한 공용 휴게실이었다. 수희는 도심의 풍경이 내려다보이는 창을 등지고 서서 팔짱을 꼈다.

"말해. 할 말이 뭐니?"

"하재건을 쓰게 된 경위가 뭐야?"

명훈이 기다렸다는 듯이 으르렁거리며 물었다. 수희는 명훈의 부릅뜬 눈을 피하지 않고 직시한 채 대답했다.

"글 잘 쓰니까."

"……뭐?"

"네 말이 맞았어. 어지간히 쓰는 작가를 단시일 안에 찾아 섭외한다는 건 결코 쉬운 일은 아니지. 하지만 다행히 내겐 인맥이 있었어. 하재건이라는 글 잘 쓰는 동기."

"하재건이 글을 잘 써? 나를 밀어내고 대신 기용할 정도로?"

"말은 똑바로 해. 기획 초안이 맘에 들지 않는다는 이유로 먼저 거부 의사를 표명한 건 너였어. 그리고 덧붙이자면 재건이도 게임 시나리오 너만큼은 충분히 써. 어쩌면 그 이상일지도 모르지."

명훈이 어금니를 꽉 깨물었다. 면도를 깜박해서 짧은 수염으로 뒤덮인 턱밑이 바들바들 떨리고 있었다.

"그 자식이…… 나만큼 쓴다고? 그 이상일지도 모른다고?"

"원래 재건이는 다 잘 썼어. 항상 남의 말 경청할 줄 알고, 관찰력 좋고, 글감이 될 만한 거라면 하나라도 더 경험해 보려고 애쓰고. 성향부터 타고난 작가야. 그 성향에서 나오는 깊이가 글에서도 고스란히 드러나고."

"어처구니가 없군."

"우리 학년은 물론이고 두 학번 위까지 포함해도 톱이었어. 한혜선 교수님이 사은회에서 직접 하셨던 말씀이야. 너도 동석했었잖아?"

분노로 찌든 명훈의 낯 위에 강렬한 조소가 어렸다.

"그래? 그렇게 잘 쓰는 놈이 왜 지금까지도 빛을 못 받고 있지? 끽해야 무협지 아니면 판타지나 써대는데? 그나마 제대로 팔린 작품도 하나 없잖아? 요전에 동창회에서 봤을 때도 표정부터 옷차림까지 어찌나 구질구질하던지 눈물겹더라."

수희는 물러서지 않았다. 그녀 역시 명훈처럼 입가에 조소를 머금고는 고개를 갸웃해 보이며 반격했다.

"아아, 너 몰랐구나? 재건이 지금 엄청 잘나가. 최근에 낸 판타지랑 무협 세 작품이 연달아 증쇄했어."

"세 작품을…… 연달아 증쇄해?"

조소가 사라진 명훈의 얼굴에서 핏기가 쫙 빠졌다.

출판계의 동향이라면 명훈도 어지간히 알고는 있었다. 아버지가 대형 출판사의 대표인 데다 자신 역시 로맨스 소설을 출간한 작가이기 때문에 모르고 싶어도 모를 수가 없었다.

이토록 힘든 시장에서 세 작의 종이책을 모조리 증쇄했다니.

명훈이 얼굴 가득 불신을 드러냈다. 자극해서 화를 돋우려고 허언을 하는 것이 분명했다.

"대충 대화 끝난 것 같으니 갈게. 못 믿겠으면 핸드폰으로 검색해 봐. 재건이 필명 알지?"

수희가 한 걸음을 앞으로 내디뎠다. 말문이 막혀 이만 빠드득 갈고 있는 명훈의 곁을 지나치며 그녀는 나직이 말을 이었다.

"재건이는 이제 찾아낸 거야. 읽는 사람을 배려하는 자신만의 방법을. 앞으로 어디까지 올라갈 수 있을지 기대가 커."

수희가 또각또각 구둣발 소리를 내며 멀어져 갔다. 그 소리가 완전히 작아져 들리지 않게 될 때까지 명훈은 한 발짝도 움직이지 못하고 석상처럼 굳어 있었다.

'말도 안 돼……! 그사이에 시간이 얼마나 지났다고 세 작씩이나…… 그것도 증쇄를 해?!'

명훈은 떨리는 손으로 핸드폰을 꺼내 인터넷에 접속했다.

'풍천유'라는 이름을 입력하고 검색 버튼을 누르자 신간 목록들과 함께 독자들의 댓글이 쏟아져 내려왔다.

–람다 : 리얼 꿀잼;;;; 고등학교 들어오고 나서 계속 끊었다가 다시 판타지 찾게 만든 작품.

–현룡 : 현대지존록 다음 권 좀 빨리 부탁드려요. 한 달에 두 권씩은 힘들더라도 두 달에 세 권 정도는 안 될까요.

–천덕영 : 소장 가치 500% 이상. 이건 빌려볼 게 아니라 사서 봐야 하는 작품임.

–유헌화 : 작가로서도 강력 추천. 제가 쓴 건달의 제국보다 재미있습니다.

–목마 : 두 권 사셈. 세 권 사셈. 네 권 사셈. ㅎㄷㄷㄷㄷㄷ~~

별점 평균은 8점 이상.

지존록 시리즈에 이어 페젤론의 마법사까지 모조리 호평 일색이었다. 수희의 말은 하등 허언이 아니었다. 정말로 그 사이에 재건은 잘나가는 작가가 되어 있었던 것이다.

"제기랄!"

빠가각!

명훈이 핸드폰을 바닥에 내팽개쳤다. 그러고는 미친 사람처럼 발로 몇 번이고 짓밟았다. 세상에서 가장 증오하는 인간의 이름을 검색한 핸드폰을 두 번 다시 쓰고 싶지 않았다.

"허억! 허억! 허억!"

거친 숨을 헐떡이며 차로 돌아온 명훈은 한껏 액셀을 밟았다.

예정대로라면 아버지를 만나러 가야 할 차례지만 그의 차는 단골 주점으로 달려가고 있었다. 술에 취해 아무 여자라도 안지 않으면 정말이지 미쳐 버릴 것 같은 심정이었다.

타닥! 탁! 타다닥! 타닥! 탁!

한껏 취한 명훈이 밤새도록 몸부림치는 시간.

재건은 좁다란 원룸에서 시간 가는 줄을 모르고 부지런히 글을 쓰는 중이었다.

'좋았어, 여기서 반전으로 통수를 때려주고……. 하지만 이 통수조차 주인공의 계획에 있었던 것이고. 후후, 내가 봐도 재미있어.'

재건은 이미 현대지존록도 10권까지 전부 써서 원고를 넘긴 상태였다. 무림지존록에 이어 현대지존록도 10권으로 깔끔하게 완결을 냈다.

지금 쓰고 있는 것은 해태미디어와 계약한 페젤론의 마법사 8권이었다. 대충 흐름을 보니 12~14권 정도까지는 무난하게 쓸 수 있을 듯했다.

'빨리 끝내고 편안하게 다녀와야지.'

재건은 약속이 생긴 이번 토요일 전까지 가능하면 최대한 많은 글을 써둘 생각이었다. 당장 다음 달에는 반드시 써야 할 글이 따로 있기 때문이었다.

지금까지 써낸 소설들만으로 생활비는 충분했다. 매일 놀러 다녀도 남아날 정도였다.

비로소 여유가 생겼으니 이제 한동안은 쓰고 싶은 글을 쓰고 싶었다. 못마땅한 작가 아들을 둔 아버지로부터 인정을 받아내기 위해서라도.

재건은 단 하루도 쉬지 않았다.

아침에 일어나면 서건우의 노트북으로 하루 14시간을 내리 글만 썼다. 하루에 꼭 한 권 분량의 글이 만들어져 차곡차곡 그의 창작 폴더에 채워지고 있었다.

피곤해서 더는 버티지 못할 때가 오면 머그컵으로 커피를 타 마시고 기력을 회복했다. 얼마간 사용해 본 결과, 한 번 사용한 머그컵이 효과를 회복하려면 하루 정도의 시간이 소요된다는 걸 재건은 이제 알고 있었다.

"후우, 끝났다!"

퇴고까지 마친 재건이 서건우의 뿔테 안경을 벗으며 외쳤다. 혼자서 버둥거리며 놀고 있던 리카가 무릎으로 올라와 가슴을 긁으며 축하해 주었다.

"페젤론의 마법사도 벌써 8권이야. 예정보다 벌어진 사건이 많아서 10권 넘게 쓸 수 있을 것 같아. 마 실장 그 인간 엄청 좋아하겠지? 어?"

해태미디어의 마종구 실장이 기쁨에 겨워 온갖 아첨을 해댈 모습을 생각하니 헛웃음이 터졌다. 10권 이상 쓰겠다는 말과 함께 원고를 첨부해 메일로 보낸 다음, 재건은 리카를 끌어안고 침대로 향했다.

재건의 짐작은 전혀 빗나가지 않았다.

출근하자마자 재건의 메일을 확인한 해태미디어의 마종구 실장은 환희로 몸을 떨었다. 불끈 쥔 주먹을 허공에 대고 붕붕 휘젓기까지 했다.

"나이스!"

또 한 번의 증쇄로 권당 6,000부가 나가고 있는 페젤론의 마법사를 10권 이상 써주겠다니. 가뭄에 단비처럼 반가운 소식이었다.

종구는 즉시 박경수 대리의 자리로 가서 말을 건넸다.

"박 대리, 하 작가님이 페젤론의 마법사 10권에서 완결 안 하고 더 써주시겠대."

"와, 진짜요? 대박인데요?"

경수가 모니터에서 얼굴을 떼고 화답했다.

재건과의 계약이 성공한 이후로 사내 분위기는 꽤나 좋아져 있었다. 덕분에 곧잘 울컥하는 종구가 짜증을 내는 빈도도 현저히 줄었다.

"뭔가 선물을 하나 보내야겠는데."

"어떤 걸로 할까요? 음식이나 영양제 같은 거 찾아볼까요?"

"아니, 그런 흔한 거 말고. 전에도 한우랑 홍삼이었잖아. 적어도 두 달은 대표님에게 깨지지 않고 지낼 수 있게 됐는데, 좀 특별한 선물 없겠어?"

종구의 말을 듣고 고민하던 도중, 경수의 눈에 키보드가 들어왔다. 작가의 손가락과 가장 친밀한 관계를 유지하는 기기. 이거라는 생각이 바로 들었다.

"실장님, 키보드 어떨까요?"

"키보드?"

"기계식 키보드요. 키마다 감도가 달라서 피로감이 덜하고, 두드리는 맛도 좋고 하나 선물해 드리면 하 작가님도 좋아하실 것 같은데요."

종구가 손가락을 튕기며 일어섰다.

"오호, 그래. 좋은 의견 냈어, 박 대리. 한번 검색해 봐. 저렴한 거 말고 좋은 걸로 사. 3~40만 원 정도 들어도 상관없으니까."

"네, 실장님."

종구는 싱글벙글하며 보고를 하기 위해 대표실로 향했다. 경수도 미소를 유지한 채 온라인 쇼핑몰에 접속해 기계식 키보드를 검색하기 시작했다.

그와 같은 시각.

해태미디어와 달리 스타북스 사무실 안에는 한없이 냉랭한 공기만이 감돌고 있었다.

쾅!

"자네는 대체 뭘 하고 있는 거야!"

대표 박재국은 시작부터 책상을 주먹으로 내리찍으며 소리쳤다. 맞은편의 태원은 소파에 파묻히듯 앉아 고개를 숙인 채 말이 없었다.

"섭섭하게 만든 구석이 있으니까 딴 데로 샌 거 아냐! 6,000부까지 증쇄했다잖아! 꽉 붙잡으라고 그토록 신신당부를 했는데 딴 데서 책을 내도록 놔둬?!"

재국을 화나게 만든 원흉은 해태미디어에서 출간된 페젤론의 마법사였다. 두 번째로 증쇄했다는 소식을 듣자 울화가 치민 나머지 태원을 불러다 호통을 치는 중이었다.

"어? 자네가 그러고도 편집장이냐고! 회사 매출은 다달이 떨어져 가는데 내가 자네를 믿고 무슨 일을 하겠어! 10년 가까이 일했다고 이제 만만한가? 왜 일을 이렇게 건성으로 하는 거야!"

태원은 대답 대신 목구멍 너머로 침을 삼켰다.

스타북스에 재직한 9년의 세월 동안, 단 하루도 건성으로 일한 적은 없었다. 언제나 회사의 이익을 위해서 최선을 다했다. 낮과 밤, 그리고 주말도 없이 오로지 일만 해온 나날들이었다.

스타북스에서 출간된 재건의 무림지존록과 현대지존록은 꽤나 인기를 끌어서 상당한 수익이 확정되었다. 해태미디어에서 나간 페젤론의 마법사보다도 확연히 우위를 점했다.

그럼에도 불구하고 나이 든 대표는 만족하지 못했다. 페젤론의 마법사를 놓쳐 버린 것이 못내 아쉽고 못마땅한 것이었다.

"아무튼 이번 토요일에 잘해! 하재건 작가 반드시 모임에 참석시켜! 그리고 차기작 계약 따내야 한단 말이야!"

"……."

"왜 말이 없어? 알아들었어?!"

"알겠습니다."

"나가봐!"

태원은 양어깨를 늘어뜨린 채 대표실에서 나왔다.

기나긴 복도를 마주한 채 태원은 잠시 그 자리에 섰다. 9년 동안 수없이 지나쳤던 복도였다. 그런데 불현듯 사무실까지 가는 길이 떠오르지 않았다.

'힘드네.'

어느새 올해로 44살.

늙었다고는 할 수 없지만 결코 젊지도 않은 나이.

출판계에 들어와 바닥부터 다진 끝에 오늘날 편집장이란 직함까지 얻었다.

직장인으로서 이제는 더 이상 올라갈 수 있는 자리도 없다.

언제까지 이 자리를 유지할 수 있을까. 앞날을 생각하면 불안했다. 대표의 가족 및 친지가 회사의 요직들을 하나둘씩 꿰차고 있어서 이래저래 근심은 더해만 가고 있었다.

“어, 편집장님.”

사무실 입구 앞에서 소미와 마주쳤다.

소미는 여러 개의 햄버거가 든 종이봉투를 들고 있었다. 한눈에 무슨 일인지 알아본 태원이 한숨 섞인 목소리로 물었다.

“고 대리가 시켰어요?”

“아…… 어차피 현금이 필요해서 나갔다 오는 참이었어요.”

소미가 머뭇거리며 어렵사리 대답했다.

당연히 태원은 믿지 않았다. 패스트푸드점은 옆 건물의 1층에 있고 현금을 찾을 수 있는 ATM은 같은 건물의 같은 층에 있으니까.

"들어가서 일 보세요."

태원은 더 말하지 않고 소미를 돌려보냈다. 나중에 고 대리를 따로 불러 확실하게 알아듣도록 말할 생각이었다. 이미 몇 번 가볍게 주의를 준 적은 있다. 신입 여직원에게 잔심부름을 시키는 고 대리의 악습은 여전히 고쳐지지 않은 듯했다.

사무실을 빠져나온 태원은 편의점에서 담배를 한 갑 샀다. 끊은 지 1년이 조금 더 된 담배의 포장을 뜯어내면서 그는 재건에게 전화를 걸었다.

–네, 편집장님.

"안녕하세요, 하 작가님. 바쁘세요?"

–아니에요. 지존록 시리즈도 죄다 넘겼고 요즘은 한가해요. 말씀하세요.

재건의 목소리가 여느 때보다 활기찼다.

태원은 혀끝으로 마른 입술을 적셨다. 까닭을 알 수 없는 불안감을 느끼며 그는 조심스럽게 입을 열었다.

"차기작 말씀 좀 드리고 싶어서 전화 드렸어요."

–아아, 차기작이요.

"힘드시겠지만 이 기세 몰아서 또 한 작품 출간하시면 참 좋을 것 같아서요. 하 작가님 생각은 어떠세요?"

–음, 그게…….

전파 저편에서 재건의 목소리가 힘을 부쩍 잃었다.

덩달아 태원도 서 있을 기운을 잃었다. 편의점 앞의 간이 의자에 몸을 앉히는 그에게 재건이 말을 잇고 있었다.

–아직 차기작 생각까지는 안 해봤어요. 최근 들어 연달아 많이 쓰기도 했고요.

"사실 그렇기는 하죠. 체력 문제도 있으실 거고."

–솔직히 편집장님이니까 말씀드리는 건데요. 제가 다음 달에 공모전 좀 참가하려고 다른 글을 쓰고 있어요.

"공모전이요?"

–네, 디지털문학상이라고 문화관광부에서 주최하는 거 있어요. 대학 시절부터 쓰던 장편소설이 하나 있는데 그거 손 좀 봐서 내보려고요.

태원의 입가에 쓴웃음이 어렸다.

"아아, 네. 그래요. 하 작가님 글 잘 쓰시니까 좋은 결과 나올 거라고 생각해요."

태원은 아쉬움을 억누르고 격려의 대답을 건넸다. 재건이 글이란 것에 얼마나 무한한 열정을 품고 있는 사람인지 알고 있기 때문이었다. 그래서 지금껏 판매량이 바닥을 쳤어도 다른 작가들보다 더욱 마음을 열고 진심으로 대해왔다.

"이번 주 토요일 작가 모임은 참석하시는 거죠?"

–아, 네. 작가 모임은 가야죠. 소미 씨한테도 약속했으니

꼭 갈 겁니다.

"알겠습니다, 작가님. 그럼 고생하시고 주말에 봬요."

―네, 편집장님도 수고하시고요. 나중에 뵐게요.

전화를 끊은 태원은 담배를 한 개비 꺼내 입에 물었다. 그리고 이내 자신에게 라이터가 없다는 사실을 깨달았다.

'나중에 피울까.'

태원이 입에 물었던 담배를 도로 집어넣고 일어섰다. 라이터를 사는 건 잠시 미뤄두기로 했다. 잔뜩 흐린 여름의 하늘이 비를 쏟아내려 하고 있었다.

BIG LIFE

부욱!

"억, 야! 리카! 너 미쳤어?!"

샤워를 끝내고 욕실에서 나온 재건은 기겁했다.

외출할 때 입으려고 침대 위에 펼쳐 둔 티셔츠를 리카가 앞발로 마구 긁어대는 중이었다. 이미 구멍이 3군데 이상 나 버렸다.

"이게 뭐하는 짓이야? 나 오늘 나가지 말라는 거야? 어?"

재건이 티셔츠를 걸레짝으로 만든 리카를 번쩍 들고 따지듯이 물었다. 리카는 자신이 무슨 잘못을 했냐는 듯이 다른 곳으로 고개를 돌리고 있을 뿐이었다.

"아, 큰일이네. 이게 가장 입을 만한 거였는데."

최근 몇 년 동안 제대로 된 옷을 구입한 적이 없었다. 생업인 글쓰기가 제대로 풀리지 않으니 옷차림 따위에 신경을 쓸 여력이 나지 않았던 것이다.

덧붙이자면 가난했던 것도 이유였다.

가끔씩 멋을 부리고 싶을 때도 있었지만 저렴한 쇼핑몰에서 셔츠 한 장 사는 일조차 부담스럽기 짝이 없는 나날들이었다.

"안 되겠다, 리카. 너 내일 발톱 손질 좀 하러 가자. 일단은 한 번 보고 배우고 다음부턴 내가 직접 잘라줄게."

"야옹."

재건은 묵은 냄새가 풀풀 나는 서랍을 한참 뒤적인 끝에 감색 셔츠를 한 장 찾아냈다.

오래돼서 양쪽 어깨와 등허리의 색감이 바랬다. 그나마 입을 만한 것이기에 재건은 셔츠를 잡고 머리를 끼워 넣었다.

"고맙다, 리카. 돈 쓸 일 만들어줘서. 최대한 일찍 돌아올 테니까 잘 놀고 있어."

"야옹, 야옹."

집을 나선 재건은 발길을 서둘렀다.

서울이긴 해도 외진 곳이기 때문에 지하철역이 있는 사거리까지는 꽤나 걸어가야만 했다. 햇살이 뜨거워서 금세 등에 땀이 찼다.

지하철역에 도착한 재건은 한 건물로 연결된 백화점으로 들어섰다. 시원한 에어컨 바람이 날아와 달아오른 몸을 기분 좋게 식혀주었다.

'전체적으로 털갈이 좀 할까.'

후줄근한 자신의 옷차림을 내려다보며 재건은 생각했다.

애초에 상의만 구입할 예정이었다. 하지만 지금 보니 청바지부터 신발에 이르기까지 모든 게 낡았다. 돌아보면 참 오래도 입은 옷들이었다. 단벌신사로 살아온 기간은 결코 짧지 않았다.

재건은 주위를 두리번거린 끝에 자신의 취향에 맞는 매장을 발견하고 걸음을 옮겼다. 평소에는 가격 때문에 구경할 엄두조차 내지 못했던 브랜드였다.

대기하고 있던 여직원이 웃으며 그를 맞았다.

"어서 오세요. 찾으시는 거 있으세요?"

"제가 직접 찾아볼게요."

재건은 감색 PK셔츠와 아래에 입을 베이지색 슬랙스를 골라 계산대에 올렸다.

바코드를 찍자 화면에 뜬 옷 두벌의 가격이 40만 원을 넘어가고 있었다.

"수고하세요."

"네, 감사합니다. 또 오세요."

재건은 신발 매장으로 가서 여름용 로퍼까지 구입한 다음 화장실로 들어갔다. 그리고 가장 안쪽의 대변기 칸에서 새 옷으로 갈아입고 나왔다.

'머리도 바로 깎아야겠네.'

새 옷으로 머리부터 발끝까지 쫙 빼입었더니 이번엔 다소 지저분해진 머리가 눈에 밟혔다. 시간이 촉박했기에 미용실에 가는 건 내일로 미루기로 했다.

재건은 청바지만 가방에 챙겨 넣고 셔츠와 신발은 쓰레기통에 버린 뒤 백화점을 나섰다.

시계를 보니 약속 시간인 4시까지 불과 30분을 남겨두고 있었다.

지하철로는 아무래도 늦을 것 같아서 재건은 거의 타본 일이 없는 택시에 몸을 실었다.

"어서 오세요."

"수고하십니다. 명경예대 나동이요."

달리기 시작한 택시의 뒷좌석에서 재건은 소설 원고를 꺼내 들었다.

프린터로 출력한 원고는 80장이 넘었다.

가장 앞에 적힌 제목은 '90년대 소년'. 총 분량은 12만 자

남짓으로 한 권짜리 장편소설에 딱 맞았다.

'이 정도면 교수님도 만족하실까?'

대학 시절부터 쓰기 시작한 장편소설이었다.

주인공과 그의 친구들이 중학생이었던 90년대가 주된 배경이다.

30대가 된 이후의 현재와 과거로 시점을 교차시켜 가면서 친구들의 우정과 배신, 그리고 냉혹하지만 희망적인 현실을 그려낸 드라마이자 성장소설이었다.

재건은 오래전 한혜선 교수에게 이 원고를 보여주고 혹독한 평가를 받았었다. 이야기에 구심점이 없는 데다 소설인지 수필인지 분간이 가지 않는다는 것이 교수의 말이었다.

"재건이 너는 쓰고 싶은 글을 어느 규격에 맞춰야 할지 그걸 먼저 고민해 보는 게 어떠니? 이건 그저 남들보다 조금 신경을 써서 쓴 일기 같구나. 소설이라고 볼 수가 없어. 다 자기연민에 젖은 네 개인적인 얘기뿐이잖아. 이렇게 제값도 못하는 글자 혼합물을 누가 돈 주고 사 보겠니? 얼마든지 습작을 가져와도 좋아. 하지만 두 번 다시는 이따위 한심한 글로 내 시간을 낭비하진 말아줬으면 좋겠다. 그 정도의 현명함은 있을 거라 믿는다."

당시 재건은 내색하진 않았으나 큰 충격을 받았다.

나름대로 각고의 노력 끝에 완성한 글이었다.

하지만 존경하는 교수는 냉담한 태도를 유지한 채 끝끝내 한마디의 격려조차 해주지 않았던 것이다.

재건은 술을 있는 대로 퍼마시고 원고를 서랍 깊숙이 처박았다.

오래도록 잊고 살았던 재건은 서건우의 재능을 얻게 된 최근 들어 다시 그 원고를 꺼내 들었다. 그리고 전체를 갈아엎다시피 하여 수정을 끝마칠 수 있었다.

'이번에도 나한테만 좋게 느껴지는 건지도 몰라. 판타지하고 일반 소설은 또 다르니까. 이번에도 뭐라고 하시면 또 수정할 수밖에.'

재건은 한혜선 교수의 실력을 가슴 깊이 인정하고 있었다. 그녀의 평가라면 7할 이상은 수용하는 편이었다.

원고를 보여줄 시간이 시시각각 가까워 오고 있는 지금, 재건은 긴장되는 마음을 달랠 길이 없었다.

'입상하고 싶다……!'

입상해서 출간된 책이 '문학상 수상작'이라는 띠지가 둘러진 채 서점에 깔리는 것.

이것이 재건의 절실한 바람이었다. 이것만이 아버지로부터 인정받을 수 있는 유일한 길이라 생각했다.

한낱 돈만으로는 아버지의 인정을 받아낼 수 없다.

작가로서 문학상 수상 경력과 그에 따르는 명예를 손에 넣어야 한다.

소위 '옛날 사람'인 아버지는 여전히 서점에서 흔히 살 수 있는 종이책만이 책이라고 생각하는 사람이었다. 판타지나 무협 등등의 장르 소설은 책으로 취급조차 해주지 않는 눈치였다. 특별히 말은 하지 않았지만 아들인 재건이 보기엔 그랬다.

"여기서 내려드리면 되겠습니까?"

생각에 빠진 사이에 금세 택시가 목적지에 도착했다.

재건은 상념에서 깨어나 지갑을 꺼내 들었다.

"네, 고맙습니다. 여기요."

재건은 교수의 개인 연구실인 403호 앞으로 가서 문을 두드렸다.

'들어오세요'라는 여자의 목소리가 어렴풋이 들려왔고 재건은 문을 열었다.

"안녕하셨어요, 교수님."

"재건이구나. 어서 와라."

50대 후반의 여교수 혜선은 환히 웃으며 자리에서 일어섰다.

책상 위에는 엄청난 양의 문서가 산처럼 쌓여 있었다.

"어디 공모전 심사라도 하시는 중이셨나 봐요."

"응, 참가작이 많아서 고역이네. 지금 대충 30여 편쯤 훑어봤는데 아직 건질 건 못 찾았다. 커피 줄까?"

"제가 타겠습니다."

재건은 묻지도 않고 두 잔의 커피를 탔다. 혜선의 커피 취향이라면 잘 알고 있었다. 자기 것에만 설탕을 한 스푼 넣은 다음 혜선에게는 조금 엷게 탄 블랙커피를 내밀었다.

"고맙다. 네가 탄 커피가 제일 맛있어."

"그냥 커피만 들어간 건데요. 생신 축하드립니다."

"됐다, 얘. 또 한 살 늙어가는 게 뭐가 좋다고. 그것보다, 원고는 가져왔니?"

인사치레를 싫어하는 혜선이 먼저 본론으로 치고 들어왔다.

재건은 황망히 고개를 끄덕이고는 가방에서 꺼낸 원고 뭉치를 두 손으로 공손히 내밀었다.

"이번에는 내 소중한 시간이 낭비되지 않을 만큼 괜찮은 글이니?"

재건은 즉시 대답하지 못했다. 붉게 물든 두 눈을 치켜뜨고 지새웠던 수많은 밤을 떠올린 끝에 그는 신중한 어조로 대답했다.

"네, 이번엔 자신 있습니다."

혜선의 입가에 희미한 미소가 일었다.

나이와 상관없이 여전히 생생한 혜선의 두 눈은 재건의 마음을 들여다보고 있었다.

재건은 꼿꼿한 자세를 잃지 않고 그녀의 시선을 오롯이 받아들였다.

"그래, 알겠다."

혜선이 커피를 한 모금 홀짝이고는 테이블에 잔을 내려놓았다.

"일이 있어서 오늘 저녁은 같이 못 먹는다고 했지?"

"죄송합니다. 다음번에 혼자서 다시 찾아뵙겠습니다."

"어서 가 봐라. 원고는 빨리 읽고 연락 주마."

"이 커피만 다 마시고 가겠습니다."

이윽고 커피를 다 마신 재건이 연구실을 나섰다.

혼자 남은 혜선은 심사 중인 다른 원고들을 제쳐 두고 재건의 원고부터 읽기 시작했다. 한 장, 두 장 페이지가 넘어가면서 그녀의 얼굴에는 점점 더 또렷한 미소가 피어나고 있었다.

2시간이 채 지나지 않아 혜선은 원고를 다 읽었다.

소설의 끝머리에 적혀 있는 한 줄의 글귀를 보고 혜선은 피식 웃음을 터뜨렸다.

-디지털문학상에 참가할 생각입니다. 입상해서 상금을 받게 되

면 생신 선물을 마련해서 다시 찾아뵙겠습니다.

"하여튼, 엉뚱한 녀석."

문을 두드리는 소리가 울렸다.

들어오라는 혜선의 말에 문이 열리고 7~8명의 남녀가 줄을 지어 들어왔다.

모두가 혜선의 제자이자 재건과는 동기였다. 수희도 그들 중에 섞여 있었다.

"안녕하셨어요, 교수님. 작년보다 더 젊어지신 것 같아요."

"이번에 교수님께서 월간 문단격파에 내신 표절 관련 비평 잘 읽었습니다. 역시 교수님이세요. 촌철살인이시고 거침이 없으시다니까요."

제자들은 앞을 다투며 혜선이 듣기 좋을 말들을 정신없이 늘어놓았다.

심지어 과장되게 깜박 죽는 시늉을 해 보이기까지 하는 제자도 있었다.

오직 수희만이 그들의 무리에서 한 발짝 벗어나 쓰게 웃는 중이었다.

"교수님, 재건이도 데려오려고 했는데 오늘 사정이 있다고 해서요."

한바탕 인사가 끝난 틈을 타서 수희가 말했다. 혜선은 웃는 얼굴로 고개를 끄덕였다.

"알아. 미리 전화도 줬고 아까 왔다 갔다."

"여기에…… 왔었다구요? 왜요?"

"자기 소설 좀 봐 달래."

혜선이 손에 든 원고 뭉치를 들어 보였다.

'90년대 소년'이라는 제목과 '하재건'이라는 이름을 보고 수희는 두 눈을 동그랗게 떴다.

"뭐야. 하재건 그 자식, 진짜 예의가 엉망인 놈이네."

등 뒤의 다른 제자가 코웃음을 치며 끼어들었다.

기다렸다는 듯이 옆의 다른 제자들도 하나둘씩 말을 받았다.

"그러게. 교수님 생신 저녁 식사에는 불참하면서 자기 글은 또 봐 주십사 하고 찾아왔었다니. 정신이 있는 놈이야, 없는 놈이야?"

"아주 웃기는 놈이네요. 교수님, 그런 자식 글은 읽으실 필요도 없으세요."

마지막으로 말한 제자는 차마 '재건이 글 말고 제가 가져온 글부터 읽어주세요'까지는 내뱉지 못하고 일단 말을 아꼈다.

지금 이곳에 모여든 제자들은 수희를 제외하면 모두 아직도 글을 쓰고 있었다.

바쁘게 직장생활을 하면서도 작가의 꿈을 놓지 않은 이들이었다.

찾아온 목적과 동기도 오로지 교수의 생신을 축하하기 위한 것만은 아니었다.

“읽어보셨어요?”

수희가 넌지시 물었다.

혜선은 대답 대신 원고의 가장 끝에 재건이 적어 넣은 글귀를 보여주었다. 그것을 본 수희가 픕 하고 웃음을 터뜨렸다.

“어떠셨어요? 재건이가 디지털문학상 입상 가능할 거라고 보세요?”

디지털문학상이라는 말에 제자들 중 몇몇이 놀란 시선을 모았다.

그들도 디지털문학상에 참가할 원고를 가지고 온 참이었다. 혜선이 심사 위원 중 한 사람이기 때문에 확실하게 인상을 주는 것이 오늘 찾아온 가장 큰 목적이기도 했다.

“으흥, 아마도?”

혜선은 그렇게만 말을 끝내고 재건의 원고를 가방에 넣었다.

디지털문학상에 참가할 예정인 여제자 하나가 초조하게 눈알을 이리저리 굴린 끝에 물었다.

"그, 그렇게 재건이 글이 좋다는 말씀이세요? 어떤 내용이에요? 문장이나 묘사도 좋은가요?"

"노코멘트. 결과는 두고 봐야지. 왜 그렇게 궁금해하니? 아하, 너희들도 디지털문학상 참가하려고 하는구나?"

여제자가 붉어진 얼굴로 시선을 내리깔았다.

혜선은 자리에서 일어서면서 제자들에게 말을 이었다.

"내가 심사 위원이 되었다고 개인적인 기대는 하지들 마라. 내 성격 다들 알지? 명훈이 녀석도 며칠 전에 원고 가지고 찾아왔다가 나한테 크게 혼나고 갔다. 심사 위원이시니 잘 좀 봐달라고 하기에 호통 좀 쳤지."

"명훈이도…… 참가한다는 말씀이세요?"

제자들의 얼굴은 이제 한없이 어두워졌다.

재건에 이어 명훈까지 디지털문학상에 참가하다니.

동기들 중에서는 손가락에 꼽을 만큼 글을 잘 쓰는 두 사람이 아닌가.

"어이쿠, 내 정신 좀 봐. 식당 예약했다면서? 늦기 전에 어서 가자. 나 배고프다."

"네, 교수님. 가시죠."

수희가 혜선과 함께 먼저 연구실을 나섰다.

기가 풀썩 꺾인 제자들이 그 뒤를 흐느적거리며 따르고 있었다.

"저 작가가 오명훈이래요."

"아, 달콤한 그녀의 방 쓴 작가 맞죠?"

"네네, 지금 드라마 만들어진다고 하는 그 작품이요."

테이블 너머로 명훈을 바라보며 몇몇의 작가가 소곤거렸다.

고가의 브랜드 의류로 온몸을 치장한 명훈이 여러 작가 틈에 둘러싸여 담소를 나누고 있었다. 그를 둘러싼 작가들은 대부분이 로맨스를 쓰는 여성이었다.

"나도 로맨스 쓰면 여성 작가들 관심 좀 끌 수 있을까."

"하하하, 그런 말씀하시지 마세요. 저까지 울적해지네요."

이곳은 고급 한정식 식당인 옛토담골이었다.

스타북스는 오늘 이곳을 통째로 빌렸다. 다른 손님은 전혀 없이 오직 스타북스 소속 작가만 50명 이상이 널따란 식당 곳곳에 자리를 잡고 앉아 있었다.

"언뜻 보니 집에 돈도 많은 것 같은데요."

"그러게요. 괜히 보고 있으려니 배 아프네요."

바로 그때였다.

출입문이 열리고 한 청년이 식당 안으로 들어섰다.

작가들이 그에게로 시선을 향했다. 처음 보는 얼굴이었다.

"누구지? 작가신가?"

"스타북스 신입 직원 아닐까요?"

테이블 끝을 정리하고 있던 소미가 자리에서 일어서서 돌아섰다. 바로 앞에 나타난 청년을 보고 그녀의 얼굴에 환한 미소가 가득 퍼졌다.

"어서 오세요, 하재건 작가님."

소미가 반갑게 인사를 건넸다.

하재건이라는 이름을 들은 근처의 몇몇 작가가 고개를 갸웃거렸다. 그들도 이 바닥에서 꽤나 오래 글줄을 잡고 살아왔다. 하지만 한 번도 들어본 적이 없는 이름이었다.

"하재건? 혹시 아세요?"

"아니요, 저도 잘 모르겠는데요. 필명이 따로 있나?"

중앙의 기다란 테이블 한가운데에 앉아 담소를 나누고 있던 명훈이 두 눈을 가늘게 떴다. 그의 입가에 어렴풋이 조소가 일었다가 이내 사라졌다.

'결국 왔네.'

명훈은 재건이 나타날 것을 예상하고 있었다. 그래서 원래는 생각이 없었는데 계획을 바꿔 일부러 참석한 것이었다.

참석할 자격은 충분했다. 명훈의 소설 한 작품이 스타북스의 로맨스 레이블을 통해 출간됐기 때문이다.

"배고프시죠? 조금 늦게 오셔서 빈자리가 저쪽 구석뿐이에요.”

소미가 난처한 듯이 말하며 자신이 말한 자리 쪽을 돌아보았다.

재건의 눈은 자리가 아니라 소미의 두 손에 들려져 있는 쟁반을 내려다보고 있었다. 엄연히 종업원들이 있는 식당인데 편집자가 왜 이런 일을 하고 있는 것인지 의문이었다.

“얼른 신발 벗으시고 들어가세요.”

“네, 고맙습니다.”

재건은 일단 더 말하지 않고 시키는 대로 신발을 벗었다.

힐끗 주위를 둘러보니 태원은 어디로 갔는지 보이지 않았다.

‘편집장이시니 이런 날이면 정신없겠지.’

재건은 굳이 찾지 않기로 생각하고 구석의 빈자리로 향했다. 늦게 나타난 그에게 딱히 관심을 주는 작가들은 없었다. 다들 바로 곁에 앉은 작가들과 친분을 나누기 바빴다.

오직 단 한 사람.

명훈만이 담소를 나누면서도 재건을 주시하는 중이었다.

재건은 아직 자신의 존재를 깨닫지 못한 눈치였다. 먼저 나서서 인사하는 건 자존심이 허락지 않았기에 명훈은 잠자코 있었다.

“실례합니다.”

재건이 빈자리를 앞에 두고 곁의 작가에게 조심스럽게 말을 건넸다.

나이는 서른 초반일까. 왜소한 체구에 낯빛이 어두워서 어딘지 모르게 울적한 느낌이 풍기는 남자였다.

"여기 앉아도 될까요?"

"아아, 네네. 앉으세요. 앉으세요."

남자가 조금 더 구석으로 자신의 몸을 당겨 자리를 널찍하게 만들어주었다. 재건은 정중하게 묵례한 다음 자리를 잡고 앉았다.

"작가님…… 이시죠?"

남자가 조심스럽게 떠보듯이 물었다.

재건이 그를 돌아보며 고개를 끄덕였다.

"네, 그쪽도 작가님이시죠?"

"하하, 네. 일단은 그렇죠. 작가라고 하기엔 뭐……."

재건은 담담한 미소로 말을 받고는 젓가락으로 전을 한 조각 집었다. 본디 나서서 캐묻는 성격은 아니었다.

기왕이면 상대방이 먼저 말을 꺼낼 때까지 기다린다. 그 대신 상대가 마음을 편하게 터놓을 수 있도록 분위기를 조성하는 쪽으로는 노력하는 편이었다.

'어떤 작품을 쓴 어떤 작가인지 모르니까.'

재건은 과거의 자신을 생각하고 있었다.

여전히 생활이 곤궁할 정도로 팔리지 못하는 작가였다면 다른 작가로부터 무슨 작품을 썼냐는 질문을 받았을 때 몹시도 괴로웠을 테니까. 먼저 묻지 않는 건 재건 나름대로의 배려였다.

"와, 이거 맛있네요."

재건이 전 하나를 우물거리며 조금 호들갑을 섞어 말했다. 그러자 곁의 남자도 덩달아 웃더니 재건의 손이 닿지 않는 멀찍한 곳의 반찬들을 끌어왔다.

"이것도 드셔보세요. 나물이 뭔지는 모르겠는데 맛있더라고요."

"챙겨주셔서 고맙습니다. 잘 먹겠습니다."

"혹시, 소주 하십니까?"

"아아, 네. 주세요. 죄송합니다. 제가 먼저 따라 드렸어야 하는 거였는데. 병 주세요."

"아닙니다. 제가 먼저 드리겠습니다."

남자와 재건은 술을 한 잔씩 나눴다.

맑고 차가운 소주가 식도를 타고 몸으로 흘러들었다.

한 잔 마시고 난 재건은 상쾌하게 심호흡을 했다. 최근 들어 일이 잘 풀려가고 있어서일까. 소주가 이토록 맛있게 느껴지는 것도 오랜만이었다.

"이런 작가 모임은 처음이세요?"

남자가 병을 들어 술을 권하며 물었다.

재건은 두 손으로 공손히 잔을 받고는 대답했다.

"아주 오래전에 한 번 왔던 적이 있습니다."

"그러시구나. 저는 처음이거든요. 근데, 아주 오래전이시면 데뷔하신 지가 꽤 되신 거네요?"

"으음, 네. 그렇죠."

재건과 남자가 두 번째로 건배를 하고 술을 마셨다. 빈속에 금세 두 잔을 마셔서인지 재건은 온몸이 후끈해지는 것을 느낄 수 있었다.

둘 사이의 대화가 잠시 끊겼다.

술이 몇 잔씩 돌아간 덕분에 주변의 분위기는 한껏 왁자지껄하게 고조되고 있었다.

"아, 소개가 늦었는데 저는 강민호라고 합니다."

소란 속에서, 이윽고 남자가 결심을 한 듯한 얼굴로 먼저 자신의 이름을 밝혔다.

비로소 재건도 허리를 곧게 펴고 앉아서 그에 답했다.

"저도 죄송합니다. 저는 하재건이라고 합니다."

"으음, 네. 혹시 필명을 사용하시나요?"

악수를 교환하는 와중에 민호가 물었다.

재건이 머쓱하게 웃으며 고개를 끄덕이자 민호는 먼저 말을 이었다.

"그러시구나. 저는 본명 그대로 씁니다."

"아아…… 네."

재건의 낯 위로 한 줄기 곤혹이 스쳐 갔다.

강민호라는 작가명은 그의 기억에 없었다.

민호는 재건의 심중을 읽어내고 괜찮다는 듯이 손사래를 쳤다.

"괜찮습니다. 6권으로 조기 종결이 되어버려서 아는 사람 거의 없어요. 작품도 그거 하나구요."

"실례지만 작품명이 어떻게?"

"판타지 하나 썼습니다. 이계대마왕이라고……."

민호가 자신 없는 말투로 어렵사리 말했다. 당연히 재건이 모를 것이라고 생각했기에 그는 심히 민망스러운 기분이었다.

그러나 재건은 벌써 두 눈을 동그랗게 뜨고 되묻는 중이었다.

"이계대마왕이요? 그거 판타지 세계의 마왕이 현대로 와서 편의점 아르바이트하다가 나중에 돈 벌고 건설 회사 차리는 소설 아니에요?"

"이, 읽어보셨어요?"

"그럼요. 상당히 재미있게 봤습니다. 판타지 세계를 호령하던 마왕이 한국어도 못하니까 처음에 구걸하면서 연명하던 장면이 얼마나 웃겼는데요."

실제로 재건은 스타북스에서 출간된 거의 대부분의 장르 소설을 읽어왔다.

유행을 읽어낼 수 있고 작가로서 충분한 공부가 되기 때문이었다.

강민호라는 이름은 잊었어도 제목만은 똑똑하게 기억하고 있었다.

"이거 정말 아이구, 민망해서. 한 잔 받으세요."

민호가 가슴이 벅차오르는 뿌듯함을 느끼며 재건에게 황망히 술을 권했다. 재건은 마다하지 않고 술을 받더니 그에게도 또 한 잔을 따라 주었다.

"그럼 하재건 작가님께서는 필명이……?"

"아아, 네. 저는 풍천유라고 합니다."

재건이 그렇게 대답한 순간.

그들 주위의 소란이 일시에 멎었다.

먼 거리의 자리에서는 여전히 웅성임이 계속되고 있었다. 하지만 근처에 자리를 잡은 작가들은 하나같이 떠들던 입을 다물고 재건에게 시선을 모으는 것이었다.

"풍천유……? 지존록 시리즈 쓰신 풍천유 작가님?"

민호가 얼떨떨한 얼굴로 확인하듯이 재차 묻고 있었다.

어느새 자신에게 모여드는 주변의 시선을 확연히 느끼면서 재건은 나직이 대답했다.

"네, 맞습니다."

재건의 대답이 떨어지기가 무섭게 근처의 작가 여럿이 술병을 들고 다가왔다. 그러고는 재건에게 저마다 술을 권하기 시작했다.

"풍천유 작가님이셨군요. 반갑습니다. 저는 미스터H라는 필명을 쓰는 사람입니다."

"아아, 네. 축구 소설 지니 스카우터 작가님이시죠? 잘 읽고 있습니다."

"제 술도 한 잔 받으세요. 저는 필명이 탈주병이고……."

"앗, 그라운드 제로 작가님? 두 분 다 스포츠 판타지 쓰시는 분들이시네요. 저는 마음먹고 쓰려고 해도 기반 지식이 없어서 힘들던데요. 정말 반갑습니다."

삽시간에 분위기가 일변했다.

보이지 않는 강렬한 기운이 재건에게 집중되고 있었다.

한 명, 두 명, 세 명……. 판타지 소설을 쓰는 작가들이 틈을 타 재건에게 다가가 인사를 건네고 있었다.

"지존록 시리즈 정말 재미있더라고요. 데뷔하신 지가 오래되셔서 더 연배가 되시는 분일 거라고 생각했는데 완전 젊으시고 훈남이시네요."

"작가가 봐도 참 재미있었습니다. 풍천유 작가님께서는 글을 쓰실 때 어떤 방식으로 쓰십니까? 미리 결말까지 다 정해두고 쓰시나요?"

"아, 제 작업 방식은요. 그러니까……."

재건은 자신을 둘러싼 작가들에게 일일이 답변을 하느라 진땀을 빼기 시작했다.

고맙고 기쁘면서도 한편으로는 크게 당황스러웠다. 작가들 사이에서도 이 정도의 환대를 받으리라고는 솔직히 생각하지 않았다.

"무슨 작품 쓰신 작가님이시길래 다들 저러시지?"

재건이 앉은 테이블의 건너편 쪽.

명훈과 그를 둘러싼 여성 작가들도 이제는 그쪽으로 관심어린 시선을 하나둘씩 던지는 중이었다. 한참 자신의 창작기법을 의기양양하게 늘어놓고 있었던 명훈은 말이 끊기자 심한 불쾌감을 느꼈다.

"이영아 작가님, 제가 어디까지 말했었죠?"

명훈이 불쾌한 속내를 숨기고 말을 건넸다.

이영아라는 이름의 여성 작가는 재건을 바라보던 시선을 거두고는 양 볼을 부풀리며 고개를 갸웃했다.

"네? 아…… 그러게요. 어디까지였더라? 잘 기억이 안 나요."

건성으로 듣고 있었던 것이 분명했다. 이야기를 한 귀로 흘리며 재건이 있는 쪽에 눈길을 주기 바빴던 것이다.

명훈의 이마에서 힘줄이 꿈틀거렸다.

가까스로 표정은 태연하게 유지하고 있었지만 언제 폭발해서 뒤틀릴지 스스로도 장담할 수 없었다.

그런 명훈 앞에서 여성 작가 둘이 일어서고 있었다.

"죄송한데 잠시 저쪽 좀 다녀올게요. 저도 요즘 판타지에 관심이 있거든요."

"저도요. 판타지 요소가 섞인 로맨스물을 써보고 싶은데 조언 좀 들어보고 올게요."

"하하, 네. 그렇게 하시죠."

명훈은 가까스로 울분을 억누르고는 미소 띤 얼굴로 그녀들을 보냈다. 그러고는 아무도 보이지 않는 틈을 타 잔에 가득한 소주를 단숨에 들이켰다. 폭발할 것 같은 이 기분으로는 몇 잔을 마셔도 취하지 않을 것 같았다.

'와, 하 작가님 인기 많으시네.'

작가들에게 둘러싸인 재건을 멀찍이서 바라보며 소미는 남몰래 웃었다. 자신이 담당한 작가가 관심을 받고 있으니 괜히 자기까지 마음이 뿌듯해지고 있었다.

"정소미 씨, 멍하니 서서 뭐 해요? 이쪽 작가님들도 술 떨어졌잖아."

등 뒤에서 고 대리가 따지듯이 말했다.

“아, 죄송해요. 지금 가져갈게요.”

소미가 화들짝 놀라 몸을 돌려세우고 냉장고로 갔다. 종업원들 중 몇 명이 휴가를 갔다는 이유로 편집자인 그녀까지 서빙을 도맡고 있었던 것이다.

“뭐 하세요?”

냉장고 문을 열고 술병을 꺼내는 소미의 등 뒤에서 목소리가 울렸다. 소미는 사방이 하도 시끄러웠기에 그 말을 들을 수 없었다.

“지금 뭐 하시는 겁니까?”

재차 목소리가 들려왔을 때에야 소미가 뒤를 돌아보았다. 곧바로 그녀의 두 동공이 확대되었다.

“하, 하 작가님?”

재건이 딱딱히 굳은 얼굴로 서 있었다.

조금 전까지만 해도 작가들의 틈바구니에 가려져 보이지 않았던 그가 어느새 자신의 등 뒤를 지키듯이 서 있는 것이었다.

“소주 가지러 오신 거예요? 제가 가져다 드릴…….”

“편집자시잖아요.”

“……네?”

재건이 손을 뻗어 소미가 든 술병을 빼앗아 들었다. 내심기가 막혔지만 소미의 무안스러울 마음을 생각해서 말을 아끼고 있었다.

'지금 시대가 어느 땐데…….'

아무리 막내라고 해도 소미는 엄연히 편집자다.

90년대도 아니고 소미가 서빙을 하고 있는 상황을 납득할 수 없었고 보기도 싫었다.

재건은 계속해서 소미의 손에서부터 술병들을 빼앗아 자신의 가슴에 안았다. 멀리서 그 모습을 본 고 대리가 당혹해서는 헐레벌떡 뛰어왔다.

"아이고, 하 작가님. 이런 건 종업원에게 말씀을 하시면 됩니다. 직접 가지러 오시지 마세요."

재건 앞에서는 고 대리도 극히 저자세일 수밖에 없었다.

판매량이 좋은 작가의 심기가 불편해질 일은 일절 발생하지 않도록 조치하는 것. 스타북스 직원으로서 고 대리의 기본적인 의무이자 책임이었다.

재건은 그저 무표정했다. 허리를 굽힌 채 실실거리는 고 대리의 얼굴을 차분히 바라보며 그는 입술을 떼었다.

"소미 씨 좀 모셔가도 되죠? 제 전담 편집자라서 이것저것 글에 대해 논의할 것이 있어서요."

"네, 그, 그러시죠. 소미 씨, 하 작가님이랑 말씀 나누세요."

고 대리는 몇 번이고 고개를 끄덕이며 즉각 물러서 주었다.

술병을 가슴 가득 끌어안고 선 재건은 자신의 어깨로 소미의 어깨를 툭 쳤다.

"들어가시죠."

"네, 네. 작가님."

소미는 여전히 눈치를 살피면서도 마지못해 재건의 뒤를 따랐다. 신발을 벗고 올라서는 그녀의 등 뒤에서 고 대리는 짜증스럽다는 듯이 미간을 좁혔다.

"고 대리."

"아, 편집장님."

고 대리가 놀란 얼굴로 돌아보았다. 처리할 업무가 있어 이제야 도착한 태원이 바로 눈앞에 서 있었다.

"이제야 오신 겁니까? 차가 많이 막혔죠?"

"제가 전에도 말씀드렸죠?"

태원이 고 대리의 질문을 묵살하고 되물었다.

고 대리는 무슨 말인지 모르겠다는 듯이 두 눈을 붕어처럼 깜박였다. 태원은 나란히 자리를 잡고 앉는 재건과 소미 쪽으로 시선을 향한 채 나직이 말을 이었다.

"앞으로 한 번만 더 소미 씨에게 업무와 관계없는 일을 지시하시면 각오하셔야 할 겁니다."

고 대리가 흠칫 몸을 떨었다.

이토록 정색하는 편집장의 얼굴은 입사한 지 2년이 된 그에게도 낯설었다. 언제나 편안한 웃음으로 모든 직원에게 존대를 하던 부드러운 그가 한없이 싸늘한 눈초리로 자신을 내려다보고 있었다.

"제 말 이해하셨어요?"

태원이 은테 안경을 고쳐 쓰며 확인하듯 물었다.

고 대리는 자기도 모르게 침을 한 번 꼴깍 삼키고는 달아오른 얼굴을 떨어뜨리며 대답했다.

"이, 이해했습니다. 앞으로 주의하겠습니다."

"일 보세요."

잔뜩 주눅이 든 고 대리가 돌아서서 멀어져 갔다.

태원은 여전히 그 자리에 서 있었다. 두 눈에 재건을 담은 채 그는 생각에 잠겨 있었다.

'오늘은 그만둘까.'

사실 작가 모임 자리를 빌려 차기작에 대해 다시 한 번 말을 꺼낼 예정이었다. 어떻게든 재건과 계약하라는 대표의 지상명령 때문이었다.

하지만 그만두기로 했다. 디지털문학상에 참가하려는 재건의 의지를 존중하고 싶었다. 이미 지존록 시리즈로 예상을 웃도는 성과도 거뒀다.

'이미 차기작에 대해 언급했으니 뭐, 공모전 끝나고 다시 얘기해 보면 되겠지.'

하재건이라는 작가를 향한 개인적인 믿음을 곱씹으면서 태원은 몸을 돌려세웠다. 그리고 아직 오지 않은 작가들을 맞이하기 위해 식당 앞 주차장으로 걸음을 내디뎠다.

"한 잔 더 드세요. 드실 수 있으시죠?"

"본명이 하재건이라고 하셨죠? 가까이서 보니까 되게 훈남이시다. 잘생겼다는 소리 자주 들으세요?"

재건의 양옆 자리를 차지한 여성 작가 둘이서 연달아 질문을 던지고 있었다. 다들 술 때문에 얼굴이 발그레했다.

작가 모임이 시작된 지도 어느덧 2시간째.

자신의 자리라는 개념 자체가 사라지고 없는 상황이었다.

기준치 이상으로 술을 마신 작가들은 여기저기 술병을 들고 다니며 인사를 나누느라 여념이 없었다.

그런 와중에도 가장 눈에 뜨이는 커다란 무리가 둘 형성되어 있었다.

하재건과 판타지 작가들을 주축으로 한 좌측의 무리, 그리고 오명훈과 로맨스 작가들을 주축으로 한 우측의 무리였다.

'시끄럽군……!'

시끌벅적한 재건의 무리 쪽을 흘겨보며 명훈은 속으로 이를 갈았다. 이미 한참 전부터 그는 심기가 몹시 불편해져 있었다.

애초에 명훈은 재건의 기를 꺾을 생각으로 나왔다.

그런데 실패했다. 재건이 자신 못지않은 관심을 받고 있는 것이다. 감히 자신과 대등한 크기의 무리를 형성하고 있는 재건을 도저히 용납할 수가 없었다.

"오 작가님, 차기작도 로맨스로 쓰실 건가요?"

곁의 여성 작가가 교태를 머금은 눈길을 보내며 물었다. 준수하고 부유한 명훈의 용모에 이끌린 여러 여성 작가는 여전히 그의 곁을 떠나지 않고 머물러 있었다.

"오 작가님? 제 말 들으셨어요?"

명훈은 여성 작가의 말을 한 귀로 흘리며 일어섰다. 이대로 멀거니 작가 모임을 끝낼 수는 없었다.

'스스로 무너지진 않겠다 이건데. 그렇다면 직접 빗자루를 들고 가서 쓸어내 주지……!'

명훈은 양손에 각각 술병과 잔을 쥐었다. 그러고는 결연한 얼굴로 재건의 무리 쪽을 향해 걸음을 내디뎠다.

"어, 오 작가님? 이쪽으로 오시게요?"

명훈의 곁에 있다가 재건 쪽으로 자리를 옮겨온 여성 작가가 먼저 알아보고 말을 건넸다. 그녀의 말에 재건도 고개를 치켜들었다.

"오명훈? 너도 참석했던 거야?"

"내가 묻고 싶은 말이다, 자식. 이제야 봤어."

시선이 허공에서 맞부딪쳤다.

두 사람 모두 강렬한 눈빛 아래 입술은 한 줄기 미소를 머금은 채였다.

주변의 작가들은 서로를 쳐다보며 '원래 아는 사이였나?', '친구인가 봐' 등등의 말을 나누고 있었다.

"여기 앉으세요, 오 작가님."

"실례합니다."

재건의 맞은편에 앉아 있던 소미가 옆으로 몸을 비켜주었다. 명훈은 여유롭게 몸을 앉히고는 재건에게 술병을 내밀었다.

"널 만나게 될 줄은 몰랐다. 이런 곳에서."

명훈이 '이런 곳에서'에 기묘한 억양을 주며 말했다.

재건은 담담한 미소로 응대하며 술을 받았다. 이제는 명훈의 저열한 자극에 휘말릴 까닭이 없었다.

"언뜻 들었다. 요즘 꽤 나간다며?"

"운이 좋았지. 너는 어때?"

"말도 마라. 작품 하나 드라마로 만들어지는 게 간단한 일이 아니더라. 하나부터 열까지 완전히 다른 세상이지 뭐."

재건은 벌써부터 명훈이 자기 자랑을 늘어놓으며 분위기를 장악하려는 것을 깨달았다. 그래서 더 말을 이어가지 않고 술을 마시며 웃기만 했다.

재건이 딱히 반응이 없자 명훈은 화제를 바꿔 물었다.

"그건 그렇고 너, 금세 많이 썼더라? 스타북스에서 낸 판타지 둘 각각 10권씩이라며?"

"어, 글이 잘 써지는 시기가 있잖아. 이번에 그랬나 봐."

"하긴, 판타지가 후다닥 쓰기 쉽긴 하지. 깊게 생각할 것도 그다지 없고."

명훈이 다 이해한다는 듯이 고개를 주억거리며 말했다.

주변 작가들의 얼굴에 숨길 수 없는 불쾌감이 어렸다. 그들을 대표해서 재건이 고개를 가로저으며 대답했다.

"너 판타지 써본 적도 없고 쓸 줄도 모르잖아."

명훈의 얼굴이 살짝 굳었다. 쓴웃음으로 상황을 때우던 예전과는 달리 재건이 즉각 반격을 가해온 것이다.

"하하, 써본 적이야 없지. 그렇지만 뭐 마음먹으면 금세 쓰는 게 또 판타지 아니겠냐?"

"아니지, 명훈아. 써본 적도 없는데 어떻게 쓸 줄 안다고 자부할 수 있어. 작가로서 좀 안일한 생각 아니냐? 일단은 너도 작가잖아?"

일순 명훈이 콧등을 구겼다. 자신이 사람을 비꼴 때 곧잘 쓰는 말투를 재건이 그대로 따라 하고 있었다.

재건은 유들유들하게 웃으며 술병을 들어 보였다.

"한 잔 더 할래?"

"아니, 괜찮아."

명훈이 손을 내저으며 대답했다.

얼굴은 가까스로 웃고 있었지만 속은 이미 갈기갈기 찢겨져 있었다.

제대로 한 방 먹었다. 주변 작가들이 쌤통이라는 듯이 소리 죽여 히죽거리는 것만 봐도 알 수 있었다.

불길처럼 뜨거운 숨을 최대한 미약하게 내뱉은 끝에 명훈이 말했다.

"그래, 네 말마따나 나도 작가지. 그래서 작가라는 이름이 부끄럽지 않도록 최근엔 다소 품격 있는 글을 쓰고 있어."

"아아, 그래?"

재건이 옆자리의 작가에게 술을 따라 주며 건성으로 응대했다. 명훈은 붉으락푸르락해지는 얼굴로 누가 묻지도 않은 말을 계속했다.

"그냥, 마침 시기가 맞는 문학상 공모전이 있어서. 예전 수상작들을 보니 무난하게 수상할 수 있을 것 같다. 아마도 커리어에 또 한 줄이 추가되겠지."

명훈은 디지털문학상이라는 사실까지는 밝히지 않았다. 그랬다가 혹시라도 떨어지면 수치스러운 노릇이기 때문이었다.

"판타지를 10권까지 쓰는 데 들어가는 노력으로 단 한 권을 쓴다고 생각해 봐. 재건이 너도 나랑 같은 문창과 출신이니까 그 감각 알지? 아, 생업 걱정하느라 소설다운 소설을 쓴 지가 오래돼서 잘 모를 수도 있겠다."

두 사람의 기 싸움을 눈치챈 주변 작가들이 하나같이 입을 다물고 있었다. 한껏 조용해진 공기 속에서 재건은 명훈과 시선을 마주쳤다. 그러고는 아무 일도 없었다는 듯이 잔을 내밀었다.

"좋은 결과 나오길 바랄게."

재건은 더 이상 불필요하게 명훈과 말을 섞을 생각이 없었다.

알량한 자존심과 분위기에 휩쓸려 유치한 말장난을 이어가는 건 사양이었다. 최선을 다하고, 나온 결과로 대답을 대신하면 될 일이다.

"고맙다, 자식. 너도 많이 팔아라."

잔이 허공에서 부서질 듯이 맞부딪쳤다.

목젖 너머로 술을 꼴깍꼴깍 넘기며 두 사람은 끝까지 서로에게서 눈을 떼지 않았다.

7장

승부하자는 건가

“작가님, 이렇게 한잔 더 하시죠. 맥주로 입 좀 가셔야죠.”

작가 모임이 끝난 뒤의 식당 앞 주차장.

3할쯤이 귀가하고 남은 수십 명의 작가는 각자 마음 맞는 사람들끼리 무리를 이뤄 2차 장소를 고민하고 있었다. 재건도 한 무리의 작가들 사이에 둘러싸인 채였다.

“네? 하 작가님, 이제 고작 9시 조금 넘었습니다. 바로 길 건너에 맥주 집 있네요. 한잔하시고 가시죠.”

“그래요, 남자들끼리 한번 신나게 마셔 봐요.”

지척에 있던 여성 작가 몇몇이 끼어들었다.

“지금 성차별이세요? 여자들만 쏙 빼놓고 가시려고? 우리도 맥주 잘 마시니까 끼워줘요.”

"아니, 아름다운 여성 작가님들께서도 2차를 가시겠다고? 당연히 끼워드려야죠. 알아서 모시겠습니다."

더할 나위가 없이 좋은 분위기였다. 그러나 재건은 희미한 미소를 입가에 머금고 있을 뿐 말이 없었다.

"하 작가님, 가실 거죠? 네?"

작가들이 기대 어린 시선을 던지며 물었다. 그들은 처음 만난 재건에게 벌써 꽤나 큰 호감을 품고 있었다.

재건이 잘 팔리는 작가여서가 아니었다. 그 부분은 어디까지나 흥미를 갖게 만든 계기일 뿐이었다. 작가들은 재건이라는 인간의 됨됨이에 반하고 있었다.

자기 자랑은 일절 늘어놓지 않고 남의 말을 경청하는 한편, 글에 관한 이야기를 할 때에는 두 눈을 밝히며 열정적으로 의견을 교류했다. 진중하고도 사려 깊은 재건의 태도는 여러 작가들의 호감을 사기에 충분하고도 남았다.

"정말 죄송하지만 마실 만큼 마셨습니다."

재건이 고개를 가로저으며 난처한 듯이 대답했다. 실망감으로 한숨을 내쉬는 작가들에게 그는 재빨리 덧붙였다.

"꼭 처리해야 할 집안일이 있어서요. 연락처도 나눴으니 다음에 또 다들 뵙지요. 오늘은 이만 돌아가 보겠습니다."

재건이 술을 더 마시지 않으려는 이유는 글 때문이었다.

어차피 오늘은 술을 마셨으니 집에 돌아가도 많은 글을 쓰지는 못한다.

하지만 내일이 있다. 내일부터라도 정상적으로 글을 쓸 수 있도록 컨디션을 회복하려면 술은 이쯤에서 그만 마시는 편이 나았다.

"정 그러시다면 어쩔 수 없지요. 아쉽지만 오늘은 그럼 더 붙잡지 않겠습니다. 대신 다음에 꼭 한번 뵈어요. 건필하시구요."

"네네, 작가님들도 건필하세요. 즐거운 시간 보내시고 조심히 들어가세요."

재건은 작가들과 일일이 악수를 나누고 무리에서 이탈했다.

나란히 선 태원과 소미가 보였다. 기다리고 있었다는 눈치였다. 두 사람 모두 재건을 보며 웃고 있었다. 재건은 작가 모임 내내 보지 못했던 태원에게 반가움을 느끼고 다가갔다.

"이제 들어가시려고요?"

"네, 내일부터 글도 써야 하고 그래서요. 편집장님이랑 소미 씨는요?"

태원이 손목시계로 시간을 확인하고는 대답했다.

"저희도 업무 끝났으니 슬슬 들어가야죠. 하 작가님, 댁까지 모셔다 드릴게요."

"아니요, 괜찮습니다. 지하철 타면 금방입니다. 술도 깰 겸 천천히 걷고 싶어서요."

"알겠습니다. 쓰시는 글 잘되셨으면 좋겠어요. 나중에 연락 꼭 주세요. 기다리고 있을게요."

"그럼요, 꼭 연락드리겠습니다."

태원과 재건이 손을 맞잡고 악수를 나눴다.

신출내기 사회인 소미의 입가에 미소가 어렸다. 두 사람 사이를 오가는 독특하고 따스한 기류를 느낄 수 있었다. 이 두 사람은 앞으로도 오래도록 만날 것이란 예감이 들었다.

"소미 씨는 어떻게 가시죠?"

"저도 지하철 타요."

"그럼 같이 가요."

태원을 보내고 나서 재건과 소미는 나란히 지하철역을 향해 걸음을 옮겼다.

밤이라서 바람이 꽤나 시원해져 있었다. 시끄러운 여름밤의 도시를 재건과 소미는 느긋하게 걸었다.

"아까 감사했어요."

어느 순간 소미가 불쑥 말을 꺼냈다.

재건은 돌아보았다가 금세 의미를 깨닫고 싱긋 웃었다.

"지금 뭘 하고 있느냐는 하 작가님 말씀 듣고 생각한 바가 많았어요. 제가 편집자라는 사실도 다시금 상기했고요."

말을 마친 소미가 도톰한 입술을 앙다물었다.

술 때문에 발그레한 얼굴로 짓는 그 표정이 귀여워서 재건은 히죽 웃었다.

"왜 웃으세요?"

"아니요, 아무것도."

"거짓말하시지 마세요. 궁금해요. 왜 웃으셨어요?"

소미가 재건의 앞을 가로막고는 뒷걸음질을 치며 재촉하듯 물었다. 평소라면 재건 앞에서 하지 못했을 행동이었다. 즐겁게 술을 마신 그녀는 어느새 편집자가 아닌 작년의 여대생으로 되돌아와 있었다.

"그러다가 넘어져요."

"그러니까 빨리 말씀해 주세요. 왜 웃으셨…… 앗."

보도블록에 발이 걸린 소미가 허우적거렸다.

재건은 재빨리 튀어 나가 그녀의 두 팔을 잡아주었다. 벗겨진 소미의 운동화가 저만치로 튕겨져 나가고 있었다.

"전봇대 짚고 잠깐만 서 있어요."

"괘, 괜찮아요, 작가님! 제가 가서 주울게요!"

소미가 외발로 뜀박질을 하며 소리쳤다.

그러는 사이에 재건은 벌써 운동화를 집어 돌아오는 중이었다.

"여기요."

"아, 진짜 죄송합니다. 죄송합니다."

소미가 거듭 사과하면서 운동화에 발을 끼워 넣었다.

술을 마신 탓일까.

아니면 밤의 화려한 조명이 반사된 까닭일까.

소미의 다리가 참 예쁘다고 문득 재건은 생각했다.

소미는 오늘도 청반바지에 하얀 양말을 신고 있었다. 리카를 닮은 고양이 자수도 그대로였다. 대학 시절의 옷차림을 사회인이 되어서도 그대로 계승하고 있는 듯한 인상이었다.

"소미 씨는 집이 어디세요?"

멈췄던 걸음을 옮기기 시작하며 재건이 물었다.

조금 전의 작은 사고로 얼굴이 한껏 붉어진 소미가 즉각 대답했다.

"아, 네. 저는 노량진이요."

"신도림까지 같이 가면 되겠네요."

"택시 타시면 편하실 텐데."

"지하철이 좋아요. 이런저런 사람들을 보면 다 글감이 되니까. 택시 뒷좌석에서는 볼 수 없는 온갖 소재가 지하철에는 넘쳐나요."

"역시 작가님이셔요."

"저만 이런 거 아닐걸요."

지하철에 오르니 앉을 자리는 없었지만 그래도 비교적 한산했다. 노약자석 옆쪽의 손잡이를 잡고 나란히 서며 재건이 물었다.

"원래 노량진에서 계속 사셨어요?"

"아니요, 저 집은 동해예요."

"바다가 보이는 곳에서 태어나셨구나. 부럽다. 동해 어디신데요? 동해도 바다가 엄청 많잖아요?"

"동해시예요. 아, 동해의 이름을 따서 동해시라고 아예 시가 있어요. 강릉에서 밑이고 삼척에서는 위예요."

"아하, 네."

덜컹거리는 지하철 내에서 두 사람은 소소한 대화를 거듭 나눴다. 편집자와 작가로서의 글 얘기가 아닌 사람으로서의 일상을 주고받았다. 재미있는 화제가 나올 때마다 소미는 입을 가리고 웃음을 터뜨렸다.

신도림역에 도착해서 두 사람은 지하철에서 내려섰다.

이제는 헤어져야 할 지점이었다. 각자 가야 할 플랫폼을 등지고 서서 두 사람은 고개를 숙였다.

"조심히 들어가세요."

"네, 작가님도 조심히 들어가세요."

돌아선 재건이 먼저 멀어져 갔다.

소미는 아직 그 자리에 서서 작아지는 재건의 뒷모습을 바라보고 있었다. 그런 끝에 뒤늦게 생각난 얼굴로 입을 열었다.

"하재건 작가님!"

인파 속에서 목소리를 용케 들은 재건이 돌아보았다.

소미는 술기운에 힘입어 거기에 대고 입에 두 손을 모아 소리쳤다.

"건필하세요! 더더욱 대박 작품 연달아 터뜨리실 거예요!"

재건은 일순 멍한 얼굴이 되었다. 하지만 이내 머쓱하게 웃으며 어정쩡하게 손을 들어 보였다. 소미도 환한 웃음으로 손을 흔들어 보이고는 비로소 몸을 돌려 인파에 섞여들었다.

'술 마셨다는 핑계로 하루쯤은 쉬려고 했는데, 이거 안 되겠군.'

소미의 응원을 받고 나자 계획이 변경되었다.

재건은 즉시 역내 편의점으로 들어가 숙취 해소 음료를 사서 단숨에 들이켰다. 그리고 리카가 기다리는 자신의 작업실을 향해 힘찬 걸음을 서둘렀다.

BIG LIFE

"도련님, 저녁 준비가 다 되었습니다."

"생각 없어요. 알아서 먹을 테니까 놔둬요."

가정부가 고개를 깊이 숙이고는 물러갔다.

명훈의 두 눈은 모니터 화면만을 뚫어져라 바라보고 있었다. 그는 하루 내내 자신의 개인 서재에서 디지털문학상에 참가할 소설을 확인하는 중이었다.

'이거면 됐어. 재미있어, 이건 재미있다고. 내가 지금까지 쓴 모든 소설 중에서도 단연 최고야.'

명훈은 스스로를 위안하듯 속으로 거듭 말하고 있었다. 사실 그는 초조했다. 어딘가 부족하다는 느낌이 끝끝내 가시지 않는 것이었다.

소설의 제목은 '서울의 고독', 젊은 나이에 변호사로서 부와 명예를 거머쥔 남자와 고아로 태어나 공장에서 일하는 여자의 사랑을 그린 이야기였다.

명훈은 본명 대신 '안성우'라는 필명을 썼다.

심사 위원들의 공정한 처사를 기대해서가 아니었다. 부족한 자신감 때문이었다. 수상할 확신이 없으니 자신의 본명을 걸고 참가할 용기가 차마 서질 않았다.

"명훈아, 저녁 안 먹고 뭐 하냐?"

"아, 형."

명훈이 의자를 빙글 뒤로 돌리며 반가운 얼굴을 했다.

9살 위의 친형인 오명석이 열린 문을 통해 들어오고 있었다.

가족들 중 유일하게 허락을 받지 않고 명훈의 서재에 마음대로 드나들 수 있는 사람이었다.

"가족들 다 모였는데 저녁은 같이 먹어야지."

"저녁은 됐고, 형. 서울의 고독 다 읽어봤어?"

"그래, 자식아. 읽었다."

"어땠어? 이번 건 괜찮았지?"

명훈이 가슴 가득 기대를 품고 물었다.

명석은 아버지의 출판사에서 편집장을 맡고 있었다. 아직은 수업이 필요하다는 이유로 스스로 원해서 맡은 자리였다. 오래도록 글을 썼고 신춘문예에 입상한 전력도 있었다.

명석이 머뭇거리지 않고 즉시 대답했다.

"솔직히 인물들이 지나치게 평면적이야. 변호사인 주인공이 자기 자랑을 늘어놓는 걸로밖에 안 보이더라. 선민의식이라고 해야 할까, 내가 이 정도 되는 사람인데 너 같은 공장에 다니는 여자를 만나주는 거니 감사하라고 강요하는 느낌?"

명훈의 얼굴이 그늘로 뒤덮였다.

소신껏 객관적인 마음으로 썼다고 생각했는데 설마 이런 평가를 듣게 될 줄은 몰랐다.

명석의 날카로운 감상은 계속되고 있었다.

"깊이가 없어. 수박 겉만 핥고 마는 느낌인 게 네 소설의 가장 큰 단점이다. 여자 주인공도 애매해. 요즘 시대에 공장에서 식권을 훔쳐 간 범인이라고 궁지에 몰리는 에피소드는 무리수 아니냐? 너 공장에서 일하는 사람들 취재는 해본 거야? 그 사람들 어떻게 일하고 언제 쉬는지, 그리고 출퇴근은 어떻게 하는지 다 알아보기는 했어?"

"아니, 뭐…… 그 정도야 인터넷 검색했지. 별것도 아닌데 그까짓 걸 진짜 공장까지 가서 사람 만나서 취재해야 돼? 안 그래도 바빠 죽겠는데."

"그게 네 글의 문제란 거다, 명훈아."

명석의 입에서 무거운 한숨이 쏟아져 나왔다.

동생은 일정한 기준 이상의 경험을 해보려는 습관이 없었다. 성가시고 힘들기 때문이다. 작가로서의 가장 중요한 미덕 중 하나를 아직까지도 망각하고 있었다.

명훈은 자리에서 일어서더니 명석의 양어깨를 붙잡으며 간곡히 부탁했다.

"형, 회사 전집 기획하던 거 다 끝났지? 여유 생긴 거면 나 되고 좀 도와줘."

"내가 언제는 안 도와줬냐? 근데 갈수록 너, 이건 도와주는 게 아니라 내가 아예 전부 퇴고를 해주는 수준이잖아. 이건 어디에 쓸 글인데? 뭐 공모전에라도 내려고?"

"그건 비밀이야. 나중에 다 말해줄게, 어? 내가 잘 모르는 부분들 형이 좀 살려줘. 작품적인 완성도도 중요한 소설이야. 어? 부탁할게."

"아이고, 명훈아……."

명석이 이마를 싸매고 말끝을 흐렸다.

남동생의 부탁은 편집자이자 작가인 그의 양심에 걸리는 행위였다.

나이를 먹고 철이 들면 자신의 글은 알아서 하겠지 싶었는데, 아직까지도 이렇게 부탁을 해오고 있으니 곤혹스럽기 짝이 없었다.

"이번이 정말로 마지막이다."

명석이 손가락을 들어 보이며 못을 박았다.

명훈은 실실 웃으며 엄지를 척 하고 들어 보였다.

"이 은혜는 잊지 않을 거야."

"시끄럽다, 자식아. 밥이나 먹으러 내려와."

"아버지한테는 절대 말하면 안 돼."

"당장 안 내려오면 말씀드릴지도 몰라."

명훈은 즉시 일어서서 명석의 뒤를 따라 서재를 나섰다. 이제는 모든 근심이 사라졌다. 형의 수정 작업을 거치기만 하면 더없이 멋진 소설로 거듭날 것이므로.

"이야, 이래서 다들 기계식 키보드에 그토록 난리를 치는 거구나."

"야옹, 야옹."

무릎 위의 리카가 울음소리로 화답했다.

타자를 두드리는 재건의 손가락이 예전보다 한결 경쾌한 소리를 내고 있었다.

해태미디어에서 보내온 기계식 키보드였다. 키마다 압력이 다르고 누르는 맛이 좋아서 손가락을 놀리는 자체가 즐거웠다. 호기심은 있었지만 비싸서 한 번도 사용해 본 적이 없었는데. 왜 다들 기계식 키보드가 좋다고 노래를 부르는지 알 것도 같았다.

"리카, 너도 들어보니까 소리가 다르지? 검색해 보니까 40만 원 정도 하더라. 예전 키보드는 2마트에서 9,000원 주고 샀던 건데. 이렇게 비싼 걸 사준 저의가 뭘까? 페젤론의 마법사를 예정보다 1권이라도 더 써달라는 건가?"

재건은 리카에게 말을 붙이며 계속 타자를 두드렸다.

시간은 어느덧 정오. 창밖의 세상은 찌는 듯이 더웠지만 원룸 내부는 에어컨 바람으로 쾌적했다.

드르륵!

수희로부터 전화가 걸려왔다.

재건은 키보드를 두드리던 손을 멈추고 핸드폰을 집었다.

"어, 수희야."

–퀘스트 추가분 보낸 거 받았어. 이번에도 재미있더라.

"다행이다."

–점심은 먹었어?

“아직 별로 생각이 없어서. 너는?”

–이제 먹으려고 나왔지. 시간 맞춰서 먹어. 아, 오늘 저녁 어떠니? 효진이 만나기로 했는데 정진이도 불러서 넷이서 같이 저녁 먹을래?

“미안, 써야 할 글이 있어서 어려울 거 같다.”

그렇게 말하는 재건의 한 손은 마우스를 조작해 워드 프로그램을 실행시키고 있었다. 디지털문학상에 참가할 소설 ‘90년대 소년’의 원고가 화면 가득 떠올랐다.

–여전히 정신없이 쓰는구나. 가끔은 쉬기도 해. 그러다 몸 축나.

“보름 정도만 바쁘고 말 거야.”

–왜 하필 딱 보름 한정이야? 아아, 뭐 특별히 준비하는 글 있구나?

역시 수희는 눈치가 빨랐다.

재건은 보는 사람도 없는데 웃으며 대답했다.

“나중에 잘되면 알려줄게.”

–잘 안 되더라도 알려줘. 읽어보고 싶어.

“알았어.”

수화기 저편에서 뜻 모를 한숨 소리가 작게 울렸다.

어쩐지 미안한 마음이 들면서도 재건은 대답할 거리가 없어 가만히 있었다. 잠시 후, 수희의 경쾌한 목소리가 이어졌다.

–그래 그럼, 바쁘다는데 다음에 봐야지. 고생하고 나중에 또 연락하자.

"알았어, 너도 수고하고."

전화를 끊고 난 재건은 자세를 잡고 키보드 위에 두 손을 얹었다. 한 차례의 심호흡을 한 다음 그는 집중해서 '90년대 소년'의 수정 작업을 개시했다. 오늘로 3번째 이루어지는 퇴고였다.

'선배님, 감방에 들어간 옛 친구를 면회하러 가는 이 장면은 괜찮죠?'

재건은 언젠가 꿈에서 보았던 서건우의 흐릿한 모습을 떠올리며 질문을 건넸다.

한 번도 실제로 만난 적이 없는 서건우의 목소리가 귓가에 들려오는 듯했다.

–자연스럽네. 나쁘지 않군. 나라면 첫 인사를 할 때까지 조금 더 뜸을 들이는 편이 좋을 것 같지만.

'듣고 보니 그런 것 같네요. 고쳐야겠어요. 주인공이 첫사랑을 만나는 이 장면은 어떠세요?'

–불필요한 대화문이 너무 많아. 첫사랑과는 관계없는 주인공의 자기 얘기만을 잔뜩 늘어놓고 있잖아. 통으로 삭제하게.

'전부 다 지우라고요? 그래도 이 정도는 말해줘야 여자도 주인공이 지금껏 힘들게 살아왔다는 걸 이해해 줄 수 있지 않을까요?'

-그런 게 자기 연민일세. 작가의 마음이 그대로 소설 속 인물로 투영되는 거지. 순 쓸데없어. 전개와 제대로 맞아떨어지지도 않고.

단어 하나에서부터 문장을 넘어 문단에 이르기까지.

모든 부분을 수정할 때마다 서건우와 하재건이 충돌하고 있었다.

대부분은 수긍하고 물러서는 하재건의 패배였다.

소설의 완성도를 중시하는 서건우의 지적은 하나하나가 촌철살인이었다. 재건은 새로운 깨달음을 얻는 동시에 부족한 부분을 보완하고 개선해 나갔다.

10번에 1~2번 정도는 하재건이 이길 때도 있었다.

정답이 없는 문학적 특성이 부각되는 부분들, 이를 테면 등장인물들의 성격과 그에 따른 행동 묘사에 있어서는 특히 그랬다. 전체적인 전개에 무리가 없다고 판단되면 하재건도 작가로서의 고집을 좀처럼 꺾지 않았다.

'선배님은 별로라고 하셔도 전 이렇게 나가는 게 맞는 것 같아요. 하드보일드 소설도 아니고 통으로 삭제는 지나친 것 같습니다.'

—내 소설 아니니 자네 마음대로 하게나.

좁은 원룸 내부에 쉴 새 없이 타자 소리가 울렸다.

재건이 열중하기 시작한 것을 깨달은 리카는 스르륵 내려가 침대로 자리를 옮겼다.

"야옹."

침대에 앉은 리카가 허공에 눈길을 주며 울음소리를 냈다.

영롱한 시선은 모니터 앞에 앉은 재건의 뒤쪽을 바라보고 있었다.

리카는 한참이나 아무것도 없는 허공을 바라보더니 이윽고 졸린 듯이 두 눈을 내리감았다.

'이 정도로 끝내야겠어요. 고칠 만큼 고쳤다고 생각해요. 이제 공모전 마감일 전까지는 안 꺼내 볼래요.'

3번째 퇴고를 마친 재건은 '90년대 소년'의 원고를 저장한 다음 새 창을 띄웠다. 단 한 글자도 새겨지지 않은 깨끗한 화면이 모니터를 잠식했다.

—새로운 소설을 하나 더 쓰려는 건가?

서건우의 질문이 들려오는 듯했다.

재건은 두 손가락을 놀리며 속으로 대답했다.

'90년대 소년은 대학 시절부터 오래도록 붙잡았던 소설이에요. 공모전 때문에 시간도 많이 생겼으니 이 기회에 완전히 새로운 장편을 하나 더 쓰고 싶어요.'

-그래, 주제는 정했나?

'제 누나 이야기예요. 가족들 돌보느라 연애도 제대로 못 하고 일만 하면서 살아온 우리 누나요. 초고가 완성되면 한 번 봐 주세요.'

타다닥! 탁! 타다다닥! 타다닥!

기계식 키보드 위에서 불꽃이 튀는 듯했다.

재건은 사랑하는 누나와의 온갖 기억을 떠올리며 손가락을 통해 그 소중한 마음을 쏟아내기 시작했다.

조용한 여름의 한낮.

올해에도 여름다운 여름은 없을 것이리라.

재건은 이미 예상했지만 조금도 아쉽지 않았다. 최고의 스승에게 가르침을 받으며 글을 쓰는 지금, 작가로서 더는 바랄 것이 없었다.

"고생하셨어요, 편집장님."

"소미 씨도요. 아, 내일부터 휴가죠?"

"네, 4일 동안이요."

태원과 소미는 나란히 퇴근 카드를 찍고 사무실을 나섰다.

여름의 끝자락이었다. 소미는 편집자로서 당당하게 한 걸음, 한 걸음 나아가고 있었다. 고 대리의 부당한 심부름도 사라졌고 업무 능률도 하루하루 올라가고 있었다.

"동해에 있는 본가에 다녀온다고 했죠?"

"네, 이맘때면 피서객들도 다 물러가고 한적해요. 조용히 쉬었다 돌아오기 딱 좋을 것 같아요."

태원이 천장을 올려다보며 한숨을 내쉬었다.

"그러고 보니 나도 바다 못 본 지가 엄청 오래됐네. 일만 하고 살았더니 여름이란 게 없었어요."

"가족분들이랑 한번 다녀오세요. 마음먹는 게 어렵지, 막상 출발하면 3시간이면 갈 수 있어요."

"그러게요. 마음먹는 게 힘들단 말야."

"저희 부모님께서 묵호 쪽에서 민박하시니까 생각 있으시면 언제라도 말씀주세요. 잘해드릴게요."

"저한테 영업하시는 거예요?"

"앗, 그럴지도요?"

엘리베이터 버튼을 누르고 서 있을 때였다.

소미가 진동하는 자신의 핸드폰을 꺼내 들었다. 재건으로부터 메시지가 도착한 참이었다.

"편집장님, 하재건 작가님이신데요."

"하 작가님이요? 뭐라고 하세요?"

소미가 대답 대신 화면에 떠오른 메시지를 보여주었다.

3줄의 짧은 메시지가 태원으로 하여금 미소를 짓게 만들었다.

-디지털문학상 원고 거의 다 끝냈습니다. 판타지 차기작 초고 5권 정도까지 완성해서 조만간 연락드리겠습니다. 편집장님한테도 전해 주세요. 휴가 잘 보내시고요. ^^

"하여간 대단한 양반이야. 하 작가님 올해도 여름휴가는 다 가셨네."

태원이 엘리베이터에 몸을 실으며 혀를 내둘렀다.

공모전 원고를 끝내자마자 바로 판타지 차기작을 쓰기 시작한다니. 그야말로 경이로운 체력이자 열정이라고 생각됐다. 자신이라면 도저히 그럴 수 있을 것 같지가 않았다.

1층의 버튼을 누르며 소미가 넌지시 물었다.

"편집장님도 학생 시절에 판타지 소설 쓰셨다고 하셨죠?"

"네, 2년 만에 제 길이 아니라는 걸 알아서 다행이죠. 창작과 편집은 엄연히 다르더라고요. 그러고 보니, 소미 씨도 그림 그렸다고 하지 않았어요?"

"저는 1년 만에 제 길이 아니라는 걸 알아서 다행이에요."

"하하하."

내려가는 엘리베이터 안에서 두 사람이 동시에 웃음을 터뜨렸다.

웃음이 잦아드는 사이, 소미는 핸드폰을 잡고 재건에게 답장을 썼다. 내년 여름은 마음 놓고 만끽하실 수 있도록 최고의 소설을 써달라고.

BIG LIFE

'후우, 미치겠네……!'

명훈은 벌써 몇 번이나 컴퓨터 앞에 앉았다가 일어서길 반복하는 중이었다.

오늘은 디지털문학상의 결과 발표일이었다.

원래 당선자들에게는 발표일보다 앞서 주최 측에서 개별적으로 연락을 준다. 시상식에 관한 세밀한 안내와 함께 수상소감문을 준비할 시간도 주려는 것이 주요한 목적이다.

하지만 명훈은 연락을 받지 못했다. 정체를 숨기기 위해 안성우라는 필명으로 참가한 데다 연락처와 이메일도 첨부하지 않았으니 당연했다.

'됐을 거야. 형의 퇴고는 완벽했어. 내가 수상하지 못했을 리가 없어.'

반드시 수상하고 싶었다.

작가 모임에서 재건이 보였던 유들유들한 얼굴을 짓뭉개 주고 싶었다.

수희에게도 또 한 걸음 전진한 멋진 작가이자 남자로서 인정받고 싶었다.

'후우…… 후우……!'

명훈은 심호흡을 거듭하며 애써 가슴을 진정시켰다. 그런 다음 두 눈을 질끈 감은 채로 문학상 결과 뉴스의 제목을 클릭했다. 화면 가득히 수상 결과가 떠올랐다.

명훈은 두려운 나머지 두 눈을 가린 채 손가락 틈으로 화면을 살펴보고 있었다. 그것도 아래쪽의 장려상 수상자 내역부터였다. 최우수상 1명에 우수상 3명, 그리고 장려상 15명으로 총 19명의 참가자가 상을 받게 된다.

'좋아, 장려상에는 없어. 당연하지. 내 소설이 장려상 따위를 받았으면 당장 수상 거부지.'

이윽고 명훈의 시선이 우수상 항목으로 가 닿았다. 동시에 그의 두 눈이 한껏 부릅떠졌다. 반가움과 분노가 동시에 치밀어 오르는 낯선 감각이 그의 온몸을 뒤흔들었다.

'우수상? 내가 우수상을 받았다고?'

안도의 한숨이 나오면서도 한편으로 격렬한 실망감이 드는 것을 어쩔 수 없었다.

안성우라는 필명으로 쓴 자신의 소설 '서울의 고독'은 틀림없는 우수상 항목에 기록되어 있었다.

'제기랄……! 뭐 얼마나 대단한 놈들이 참가했다고 나한테 우수상을 주는 거지? 이놈의 공모전은 주체가 없나? 도대체 소설의 어떤 면에 비중을 두고 심사하는 건데?!'

명훈은 이를 갈며 시선을 옆으로 돌렸다.

바로 다음 순간.

명훈은 새하얗게 질린 채로 석상처럼 굳어버리고 말았다.

절대로 모르고 지나칠 수 없는 이름이 바로 지척에 자리하고 있었던 것이다.

[우수상 부문]

서울의 고독 – 안성우

90년대 소년 – 하재건

여름의 낮 – 신정옥

'하아…… 재애…… 거언……?!'

자신을 비롯해 총 3명의 우수상 수상자 중 한 사람의 이름 앞에서 명훈은 입을 다물 수가 없었다. 하재건이라는 이름은 흔하지 않았다. 적어도 그의 인생에 있어서는 그랬다.

무엇보다 명훈은 '90년대 소년'이라는 제목을 알고 있었다.

대학 시절부터 재건이 쓰기 시작했던 장편 습작이었다.

명훈이 기억하기로 재건은 졸업할 때까지 장편을 완성시키지 못했다. 그래서 그는 더더욱 기가 막혔다. 세월의 뒤로 진즉에 파묻혔어야 마땅할 작품을 이렇게 디지털문학상 수상 내역에서 보게 되다니. 그것도 감히 나와 같은 우수상 부문에 떡하니 자리를 잡고 있다니.

'음흉한 자식……!'

명훈은 작가 모임에서 보았던 재건의 얼굴을 떠올리며 울분으로 몸을 바르르 떨었다.

그날 본 재건의 모습은 예전과는 전혀 달랐다. 연달아 도발을 던졌지만 좀처럼 말려들지 않았다. 심지어 반격을 날려서 말실수를 했던 자신만 망신을 당하고 말았던 것이다.

기억은 거기에서 그치지 않았다.

그날 자신이 재건에게 내뱉었던 말들이 어김없이 뇌리에 되살아나고 있었다.

"작가라는 이름이 부끄럽지 않도록 최근엔 다소 품격 있는 글을 쓰고 있어."

"마침 시기가 맞는 문학상 공모전이 있어서. 예전 수상작들을 보니 무난하게 수상할 수 있을 것 같다. 아마도 커리어에 또 한 줄이 추가되겠지."

'망할……! 쓸데없는 말을 해버렸잖아!'

생각하는 자체만으로 무거운 수치심이 밀려와 온몸을 짓눌렀다.

명훈은 두 손으로 머리를 뒤헝클었다. 뒤이어 책상에 대고 이마를 쾅쾅 찧어대기까지 했다. 설마 같은 문학상에서, 그것도 같은 상을 받게 될 줄은 꿈에도 몰랐다.

명훈은 몇 번이나 다시 수상 내역을 확인했다.

최우수상은 '멍청한 여자'라는 제목의 작품이 받았지만 거기에는 이미 눈길조차 가지 않았다. 지금의 명훈의 모든 관심은 자신과 같은 우수상을 받은 하재건에게만 집중되고 있었다.

'상관없어! 어차피 나는 3개월 만에 쓴 소설이니까. 하재건 저 자식은 7년이나 쓴 거잖아. 3개월이랑 7년이 비교가 될 리가 없지. 내가 더 우월해. 내가 더 잘 쓰는 거야!'

명훈은 스스로를 세뇌시키듯 몇 번이고 속으로 말을 곱씹었다.

수상 소감문을 어떻게 작성해야 할지 대체적인 구상이 벌써부터 잡히고 있었다.

'3개월 만에 써냈다는 걸 중점적으로 어필해야겠어. 시간만 좀 더 있었다면 최우수상도 가능했을 텐데, 일이 바빠서 그러지 못했다는 아쉬운 마음을 적당히 농담조로 쿨하게 섞는 거야.'

명훈은 끊임없이 책상 끝에 손가락을 또드락거리며 자신이 돋보일 방법을 찾아 머리를 굴렸다.

'제기랄, 재건이 놈이 나보다 먼저 소감문을 발표해야 할 텐데. 그래야 놈의 소감문에 맞춰서 반격할 거리를 즉석에서 추가할 수 있을 테니까. 대학 시절부터 7년 가까이 썼다는 얘기를 꼭 해줬으면 좋겠군. 내 수상 소감이 더 빛나고 놈과 대비되기 위해서라도.'

명훈은 거친 숨을 들썩이며 워드 프로그램을 실행시켰다.

핏발이 잔뜩 선 열 손가락이 빠른 속도로 단어와 문장들을 토해냈다.

자신의 변호가 주된 목적인 소감문이 화면을 가득히 채워 갔다. 한낱 하재건 따위와 동등한 상을 받을 수밖에 없었던 안타까운 스스로를 향한 위로이자 헌사였다.

툭!

어느 순간 명훈이 키보드를 두드리던 손가락을 멈추고 고개를 치켜들었다.

재건도 참가했으니 지금쯤 결과를 알았을 거라는 생각이 들었다. 시상식장에도 나타날 테고 어쩔 수 없이 조우하게 될 운명인 것이다.

'이쪽에서 먼저 인사를 해주지.'

어차피 부딪쳐야 할 운명.

'서울의 고독'을 쓴 안성우가 자신이라는 걸 미리 고지하는 편이 좋겠다는 판단이 섰다.

낙선할까 두려워서 필명을 썼냐는 빈정거림을 듣지 않기 위해서라도 먼저 대범하게 치고 들어갈 필요가 있다는 생각이었다.

-재건아, 디지털문학상 우수상 받았더라? 축하한다.

핸드폰으로 메시지를 보내고 난 명훈은 초조함으로 엄지 손가락을 깨물었다. 목소리가 떨릴 것 같아서 일부러 통화 대신 메시지를 택했다.

잠시 후, 생각보다 빨리 재건으로부터 답장이 날아왔다.

-어떻게 알았어? 고맙다.

-그런데 너도 나 좀 축하해 줘야겠다. 우수상 부문에 서울의 고독이라고 있지? 그거 사실 내가 쓴 거다. ㅋ 3개월 만에.

-아, 그 안성우라는 필명이 너였어? 너 참가한다던 문학상 공모전이 이거였구나. 그래, 너도 축하한다.

-해본 소리다, 자식아. 별것도 아닌 규모 문학상에서 우수상 받은 걸로 축하는 뭘. 힘 빼고 가볍게 쓴 글인데 입상해 버려서 솔직히 당황스러운 기분이다. 한 석 달 동안 대충 쓰다가 아무 생각 없이 던져 본 거거든. 근데 덜컥 수상을 해버렸네?

-그래, 네가 글을 잘 쓰지.

글을 잘 쓴다는 재건의 칭찬이 놀리는 것처럼 느껴지는 명훈이었다.

잔뜩 구겨진 얼굴로 핸드폰을 노려보며 명훈은 터치스크린을 두들겼다.

-너도 고생 끝에 낙이 왔네. 자식아, 90년대 소년 내가 아직도 기억한다. 그거 거의 7년이나 붙잡고 늘어진 작품 아니냐? ㅋㅋㅋㅋㅋ 이렇게라도 빛을 발하게 돼서 얼마나 다행이냐? 커리어에도 겨우 한 줄 추가될 게 생겼네. ㅋㅋㅋ

-그러게. 나도 기분이 참 후련하다.

짧은 답을 끝으로 더 날아오는 메시지는 없었다.

명훈은 도무지 분이 풀리지 않았다. 어쩐지 지금 재건은 실실 웃으며 자신을 비웃고 있을 것만 같았다. 무슨 말로 마무리를 할 것인지 고심한 끝에 명훈은 마지막으로 메시지를 작성했다.

-시상식장에서 보자. 옷 깔끔하게 입고 나와. 방구석에서 글만 쓰는 글쟁이 티내지 말고 살자. 요즘은 작가도 잘 입고 다녀야 작가 소리 듣는 세상이다.

-알았다, 챙겨줘서 고맙다. 수고해.

명훈은 이글거리는 시선으로 아무것도 없는 허공을 노려보며 호흡을 골랐다. 머리로는 흐트러진 마음을 다잡기 위해 끊임없이 스스로의 우월함을 생각하고 있었다.

모든 면에서 내가 우세하다.

나는 이미 공모전 수상 경력도 있다.

이번 디지털문학상도 놈은 7년이나 썼지만 난 3개월 만에 쓴 소설로 상을 받게 되었다. 결코 똑같은 가치의 우수상이 아니다!

'이수희……!'

수희의 얼굴이 뇌리에 그려졌다.

어쨌든 남들로부터 축하를 받아야 마땅할 성과를 낸 것은 사실이다.

하재건이라는 존재로 인한 분노를 제외하면 남는 것은 우수상을 받게 된 순수한 기쁨뿐이다.

명훈은 즉시 전화부에서 가장 축하받고 싶은 사람의 이름을 찾아 통화 버튼을 눌렀다. 초조함 속에서 신호음이 울리기 시작했다.

"왜 그래? 상금이 꽤 되니까 좋으신가?"

재건이 실실거리며 물었다. 그런 그의 앞에서 누나 재인은 귀신에게 홀린 듯한 표정을 하고 멍하니 앉아 있을 뿐이었다.

"뭐라고 말 좀 해봐. 반응이 왜 그래?"

수원에 위치한 본가였다.

재건은 디지털문학상의 수상 결과를 확인하자마자 지하철을 타고 본가로 달려왔다. 이 기쁜 소식을 가장 먼저 가족들에게 전하기 위해서였다.

"이제 드디어 동생도 수상 경력이 생기는 거야. 이거 문광부에서 주최하는 거야. 많이 크거나 명망이 있는 건 아니지만, 그래도 꽤나 인정받는 공모전이라고."

재인이 손을 들어 얼굴을 가렸다. 코끝이 빨갛게 달아오르고 두 눈은 촉촉하게 젖어들고 있었다.

문학상의 규모가 크건 작건 그런 것들 따위는 중요하지 않았다. 다만 속상했다. 동생을 축하해 줘야 하는데 목이 메어서 도무지 말이 나오지가 않았다.

"계속 잘될 거야. 더더욱 잘될 거야. 이제부터 시작이라고. 마라톤 경주라고 치면 이제 막 출발해서 100미터 조금 넘게 뛴 거야."

"재건아……."

도어록이 울리는 소리와 함께 현관문이 벌컥 열렸다.

퇴근한 아버지와 마중을 나갔던 어머니가 함께 들어오고 있었다.

"아니, 아들! 연락도 없이 어쩐 일이야!"

재건을 본 어머니가 반색을 하고 집으로 들어섰다. 고개를 돌리고 눈물을 삼키는 재인의 얼굴이 어머니의 두 눈 가득 들어왔다.

"재인이 너는 왜 우냐? 무슨 일 있었어?"

"엄마, 재건이가……."

"재건이가 왜? 재건이한테 무슨 일 있는 거야? 말을 해."

"재건이가…… 문학상 받았대."

가까스로 목소리를 가다듬은 끝에 재인이 설명했다.

말을 다 듣고 난 어머니가 두 눈을 치켜뜨고 입을 벌렸다. 한참이나 그렇게 넋을 잃은 사람처럼 있더니 불시에 탄성을 내지르며 재건을 부서져라 끌어안았다.

"아우! 우리 아들! 우리 귀여운 아들! 멋진 작가 아들! 내가 너 성공할 줄 알았어! 잘할 줄 알았어! 내 아들이어서가 아니라 정말로 잘 해낼 줄 알았어!"

어머니는 감탄사를 연발하는 내내 다 큰 아들의 양 뺨에 번갈아 가며 몇 번이고 뽀뽀까지 했다. 아무리 컸어도 여전히 귀엽고 여리고 세상에 내놓기 불안하기만 한 아들이었다. 웃음 속에서 어느새 어머니도 울고 있었다.

아버지란 사람은 이제야 신발을 정리하고 거실로 올라선 참이었다. 얼굴엔 한 점의 미소조차 없었다. 어딘가 못마땅한 눈빛으로 볼 것도 없는 거실 곳곳을 훑더니 한마디 말도 없이 자신의 방으로 향했다.

"여보! 다음 주 토요일에 재건이 시상식이랍니다!"

어머니가 눈물을 훔치며 방에 대고 소리쳐 말했다.

옷을 갈아입는 소리만 아스라이 들려올 뿐 대답은 없었다.

"여보! 재건이 시상식이 다음 주 토요일이라고요!"

"그날 오전 근무야."

"뭐라고요?"

"당신이나 재인이랑 갔다 와."

"저 양반이 진짜……!"

어머니가 튕기듯이 일어나 방으로 들어갔다.

닫힌 방문 안에서부터 연신 울리는 건 어머니의 고성뿐이었다.

들려오지 않는 아버지의 목소리를 기다리며 재건은 씁쓸하게 웃었다. 재인은 재건의 손등에 살며시 자신의 손을 포개고 있었다.

시상식장은 서울 혜화동의 국립 과학관 강당이었다.

명훈은 일찌감치 자신의 차를 직접 몰고 시상식장에 도착했다.

가족에게는 알리지 않았다. 동기들이나 다른 지인들에게도 일절 말하지 않았다. 자신과 동등한 상을 받게 된 하재건의 존재가 거슬렸기 때문이었다. 하재건에게 손톱만큼이라도 추가적인 관심이 가는 꼴을 두 눈 뜨고 볼 수가 없었다.

어느덧 가을이라 날씨는 꽤나 쌀쌀해져 있었다.

주차를 끝낸 명훈은 코트를 챙겨 입고 차에서 내려섰다.

마침 맞은편의 빈 공간에 하얀 차 한 대가 들어서고 있었다. 어쩐지 눈에 익은 차여서 명훈이 들여다보고 있으려니 차의 문이 열리고 수희가 내려섰다.

"이수희?!"

명훈이 자기도 모르게 수희의 이름을 불렀다.

업무 때문에 시간이 나지 않는다며 자신의 청을 거절했던 수희가 어째서 이곳에 와 있는 것인가.

이유를 깨닫기까지는 오래 걸리지 않았다. 명훈의 얼굴은 쌀쌀한 기온과 무관하게 빠른 속도로 달아오르기 시작했다.

"어? 명훈이도 온 거야?"

수희에 이어 조수석에서 내린 효진이 토끼처럼 두 눈을 동그랗게 떴다. 재건의 수상을 축하해 주기 위해 수희를 따라 이곳에 온 터였다. 명훈과 재건 사이가 썩 좋지 못하다는 걸 알기에 그녀는 이 예기치 못한 만남이 적잖이 당황스러웠다.

명훈은 효진 쪽으로는 눈길도 주지 않았다.

걷잡을 수 없이 뒤흔들리는 시선은 오직 수희에게만 쏠려 있었다.

수희는 허리를 곧게 펴고 서서 담담하게 명훈의 시선을 받아들이는 중이었다.

"나, 나 먼저 들어갈게."

"그래."

기묘한 분위기를 알아챈 효진이 자리를 피해주었다.

또각또각.

명훈에게 다가선 수희가 옅은 미소로 먼저 말을 건넸다.

"수상했나 보구나."

"어떻게…… 알았지?"

"한혜선 교수님께 들었어. 찾아뵌 적 있었다면서. 필명으로 참가한 거지? 무슨 상인지는 아직 모르지만 먼저 축하해."

수희가 손을 내밀며 악수를 청했다.

명훈은 그에 응하지 못하고 멀거니 섰다. 두 눈으로 오직 수희의 모습만을 머리에서부터 발끝까지 훑고 있었다.

눈앞의 수희는 유난히 아름다웠다.

무릎 위까지 내려오는 회색 격자무늬 원피스에 커피색 스타킹이 잘 어울렸다. 올려 묶은 긴 생머리는 염색을 했는지 노을처럼 따스하고 부드러운 빛깔을 뿜어내고 있었다.

전체적으로 튀지 않고 무난하면서도 고급스런 단정함과 여성적인 기품을 은은히 드러내고 있는 옷차림.

귀걸이나 벨트 등등 눈에 띄지 않는 부분에 돈을 쓰는

여자다. 수희가 선호하는 복장 감각은 명훈도 익히 알고 있었다.

그리고…….

오늘은 특별히 더욱 옷차림에 신경을 썼다는 것도.

신경을 쓴 이유가 자신 때문이 아니라는 것도 알고 있었다.

그래서 수희가 내민 손을 차마 맞잡을 수가 없었다.

"업무 관련으로 일이 있다면서?"

명훈이 콘크리트 바닥으로 시선을 내리깐 채 물었다.

꼭 보여주고 싶은 것이 있으니 만나자고 전화로 말했을 때, 수희는 업무를 이유로 거절했었다. 그리고 오늘 이 자리에서 조우하게 된 것이다.

"여기도 업무가 있었나? 넥션에서 디지털문학상에 후원이라도 한 거야?"

수희가 내밀었던 손을 거둬들였다. 여태 손에 들고 있었던 가방을 어깨에 두르며 그녀는 차분하게 대답했다.

"재건이 축하해 주려고 왔어."

"……!"

"우리 팀이랑 일하고 있는 시나리오 작가잖아. 당연히 축하해 줘야 한다고 생각했어. 이건 업무적으로도 당연한 일이지."

"네가 억지를 부릴 때도 있구나."

"억지가 아니야."

명훈의 주머니에서 핸드폰이 진동하고 있었다.

치를 떠느라 바쁜 명훈보다 수희가 먼저 알아채고 주머니를 가리키며 말했다.

"전화 오는 거 아니니?"

명훈이 수희에게 시선을 꽂은 채로 핸드폰을 꺼내 들었다. 다음 순간, 핸드폰 액정을 확인한 그의 표정은 즉시 얼어붙었다. 아버지로부터 걸려온 전화였다.

"급한 전화야. 나중에 또 얘기하자."

명훈이 침울한 낯빛으로 말했다. 아버지의 전화는 미루거나 피할 수 없었다.

수희가 가볍게 고개를 끄덕이고는 돌아서서 멀어져 갔다. 그녀와의 간격이 열 걸음 이상 벌어졌을 즈음, 명훈은 침을 한 번 삼키고 전화를 받았다.

"여보세요."

-뭘 하느라고 전화를 이렇게 늦게 받아!

시작부터 불호령이었다.

예상하고 있었기에 명훈은 전혀 놀라지 않았다.

-오늘 네 어머니 생신이란 걸 잊었어? 다들 바쁜 시간 쪼개서 온 가족이 모이는 자린데 아직까지 어딜 쏘다니고 있는

거야! 당장 뛰어와!

명훈이 손을 들어 눈앞을 가렸다.

어머니란 사람의 생일이라는 걸 잊은 것은 아니었다. 다만 구태여 참석하고 싶지 않았다. 더불어 지금 자신에게는 중요한 일이 있었다.

"지금은 가기 힘듭니다. 대신 저녁에 일찍 들어갈게요."

–뭐가 어째?!

"중요한 일이 있습니다."

수화기 너머에서 아버지가 코웃음을 치고 있었다.

–중요한 일? 네놈한테 중요한 일이 대체 뭐냐? 정신 나간 계집애들 조수석에 태우고 드라이브하는 거냐? 아니면 지 애비 재산 축내서 술잔치 벌이는 거냐?

"그런 거 아니에요……!"

–한심한 놈! 열심히 사는 네 형이나 누나를 보면 부끄럽지도 않아? 절반이라도 닮아볼 노력을 왜 안 해!

명훈은 입에서 핸드폰을 떼어내고 떨리는 한숨을 조각조각 뱉어냈다. 희뿌연 안개라도 낀 것처럼 시야가 흐려지고 있었다.

–아무튼 각오해! 네놈 오피스텔도 올해가 끝인 줄 알아! 술판이나 벌이고 흥청망청 놀라고 얻어준 줄 알아?! 에에이!

전화가 일방적으로 끊겼다.

명훈은 무릎을 굽히고 그 자리에 쪼그려 앉았다. 시상식장에 들어가기 위해 평소의 표정으로 되돌아오기까지는 아무래도 시간이 필요할 듯했다.

"자, 도착했습니다!"

주차를 마친 정진이 시동을 끄면서 말했다.

조수석에는 리카를 품에 안은 재건이, 그리고 뒷좌석에는 재건의 어머니 명자와 누나 재인이 나란히 동승하고 있었다.

"고맙구나, 정진아. 대학 때부터 우리 재건이를 이렇게 잘 챙겨주고. 우리 재건이가 정말 좋은 친구를 뒀어."

"하하하, 별말씀을요. 저 속 시커먼 놈입니다, 어머니. 재건이 이 자식 성공할 게 뻔한데 그럼 저한테도 떡고물 좀 떨어지지 않겠습니까?"

정진이 너스레를 떨며 재건의 어깨를 주먹으로 툭 쳤다.

재건은 쑥스러운 웃음으로 고마운 친구의 마음에 답했다.

애초에 정진과는 시상식장에서 만나기로 약속이 돼 있었다. 그런데 아침이 되자 다짜고짜 수원 본가까지 찾아온 것이다. 정진 덕분에 어머니와 누나, 게다가 리카까지 편하게 올 수 있었다.

"리카 내가 데리고 있을까?"

그렇게 묻는 재인은 벌써 두 손을 뻗고 있었다.

재건은 고개를 끄덕이며 리카를 넘겨줬다. 리카는 재인의 가슴에 얌전히 안겨서는 팔 위로 편안히 턱을 괴었다.

"야, 너희들 왔구나!"

"어? 효진이네? 수희랑 같이 왔어?"

정진의 말에 재건도 돌아보았다.

잰걸음으로 다가오는 효진의 뒤를 수희가 따라오고 있었다.

정진이 나서서 재건의 가족을 소개했다.

"인사드려. 재건이 어머님이랑 누님이셔."

"안녕하세요. 천효진이라고 합니다. 재건이 동기예요."

효진이 먼저 활기차게 인사했다.

이윽고 목전까지 다가와 선 수희가 효진의 뒤를 이어 고개를 숙였다.

"안녕하세요. 처음 뵙겠습니다. 재건이 동기 이수희라고 합니다."

"아아, 네. 안녕하세요."

명자와 누나가 쭈뼛쭈뼛한 몸짓으로 황망히 인사를 받았다.

재건은 고개를 떨어뜨리고 쓰게 웃었다. 자신의 가족들이 왜 저렇게들 당황스러워하는지 이유를 벌써 알 것도 같았다.

"정말 축하드립니다. 많이 기쁘실 거예요. 어머님과 누님께서 느끼실 기쁨만큼은 아니겠지만, 저도 동기로서 무척 기쁜 마음에 축하해 주러 왔습니다.”

“아, 아이구. 이렇게 고마울 데가……! 정말 고마워요. 어쩜, 우리 아들한테 이렇게 예쁜 동기가 있을 줄은 몰랐네요. 오호호호.”

“엄마, 쌀쌀하니까 안으로 들어가시죠.”

재건이 어쩔 줄을 몰라 하며 좋아하는 명자의 팔을 살며시 잡아끌었다. 이쯤에서 끊지 않으면 수희와의 사이가 난처해질 말이 튀어나올지도 모르겠다는 두려움 때문이었다.

“그러시는 게 좋겠어요. 시상식 시작할 때도 거의 다 됐으니까요. 이쪽이에요, 어머님.”

수희가 안내하듯이 앞장을 서고 나머지 일행이 뒤를 따랐다.

명자와 재인은 양 옆에서 재건과 팔짱을 끼고서는 번갈아가며 귀엣말로 묻고 있었다.

“이수희라고 했지? 되게 이쁘다. 성격도 싹싹한 것 같고, 예의도 바르고.”

“저렇게 참한 아가씨가 동기들 중에 있었니? 인상이 참 좋구나. 그냥 예쁜 얼굴이 아니라 인상이 좋아. 아들, 저 아가씨랑 어떻게 잘 좀 해봐.”

“뭘 잘 좀 해봐요. 하지 마세요.”

재건은 일이 이렇게 될 거라고 충분히 예상하고 있었다. 여태껏 수희를 좋아하지 않는 어른을 본 적이 없었다. 예쁘면서도 단정한 얼굴, 사심 없는 미소와 올곧은 언변에 어머니와 누나도 벌써부터 마음이 홀린 모양이었다.

"두 눈 똑바로 뜨고 길거리 나가서 지나다니는 사람들 좀 봐. 저런 아가씨가 어디 흔하게 있을 것 같니? 엄마 눈은 확실해. 저 아가씨한테 사귀자고 말해봐."

"집에 한번 데려와. 누나가 맛있는 거 해줄게. 저 아가씬 뭐 좋아하니?"

"그만 좀 하시라니까요. 누나까지 왜 이러는데?"

시상식장의 좌석은 벌써 절반 가까이 사람들로 채워져 있었다. 재건 일행은 단상이 잘 보이는 앞쪽으로 자리를 잡았다.

'헛, 잔뜩도 몰려오셨군. 뭐 대단한 상이라고.'

명훈이 헛웃음을 터뜨리며 속으로 이죽거렸다. 그는 재건 일행으로부터 멀리 떨어진 한구석의 의자에 홀로 앉아 있었다. 손에는 수십 번을 고치고도 끝을 맺지 못한 수상 소감문과 펜을 쥐고 있었다.

어느 순간부터 빠르게 밀려든 사람들이 좌석을 가득히 메웠다.

늦게 온 사람들은 자리가 없어 뒤쪽 복도에 줄줄이 늘어섰다. 이윽고 진행자의 멘트와 함께 디지털문학상 시상식이 시작되었다.

명훈은 그 어디에도 관심이 없었다. 진행자의 입을 통해 흘러나오는 디지털문학상의 의의에 대해서도 전혀 귀를 기울이지 않았다. 어떻게든 재건보다 자신이 돋보일 수상 소감을 고민하느라 거기에만 혈안이 되어 있었다.

"……그러면 이제 최우수상 수상을 시작하겠습니다."

최우수상이라는 말에 처음으로 명훈이 고개를 들었다.

재건을 향한 분노 때문에 잊고 있었지만 어쨌든 최고의 상을 받는 사람이다. 어떻게 생긴 사람인지 흥미가 가는 건 당연한 일이었다.

'나이가 좀 있는 사람일 것 같은데? 일단 필명을 보면 남자는 맞을 테고.'

단상의 진행자가 뜸을 들이는 사이, 명훈은 나름 추측하며 사방을 두루두루 돌아보았다. 사람이 너무나도 많았다. 이토록 많은 사람 중에서 수상자로 여겨지는 독특한 표정을 띤 단 한 사람의 얼굴을 찾아낸다는 건 불가능한 일이었다.

"참가작 멍청한 여자, 작가 서건우 님께서는 앞으로 나와 주십시오."

관객석의 곳곳에서 술렁임이 일었다.

모든 이의 기대감이 증폭되는 가운데 단 한 사람만이 의자에서 천천히 일어서고 있었다. 명훈은 하마터면 허공에 대고 손을 내저으며 소리를 지를 뻔했다.

'저, 저 자식이 왜 일어나?!'

자리에서 일어선 사람은 하재건이었다.

무표정한 얼굴의 재건은 자신의 어머니와 누나, 그리고 수희의 무릎 앞 좁은 틈을 게걸음으로 통과하는 중이었다.

"재, 재건아. 어디 가."

"아들, 왜 그래? 재인아, 재건이 우수상이잖어?"

갑작스런 재건의 태도에 모두가 안색이 창백해졌다.

최우수상을 발표하는 중인데 갑자기 왜 일어나는 것인가.

정진은 '이 자식이 정신이 나갔나?' 하는 표정이 되어 엉거주춤하게 몸을 일으키고 있었다.

"재, 재건아? 지금 이거 최우수상 수상하는 중……!"

수희마저 태연함을 유지하지 못하고 무심코 말했을 정도였다.

재건은 옅은 미소로 그녀에게 답하고는 단상으로 향했다. 여느 때보다 힘찬 그의 발걸음이 바닥을 울리고 있었다.

to be continued

Wis Book

KILL THE DRAGON

킬 더 드래곤

백수귀족 현대 판타지 장편 소설

인간 VS 드래곤

지구를 침략한 드래곤!
3년에 걸친 싸움은 인간의 승리로 돌아갔지만
15년 후,
드래곤의 재침공이 시작되었다!

드래곤을 죽일 수 있는 건 오직 사이커뿐!

인류의 존망을 건 최후의 전쟁.
그 서막이 오른다!